聆听父亲

张大春 著

文汇出版社

新经典文化股份有限公司
www.readinglife.com
出 品

爸爸，我告诉你一件事：

如果你写稿用触觉，写出来的东西就是假的；

如果你写稿用讨论的，写出来的东西就是真的。

——张容，二〇〇三年七月十三日

目 录

第一章　角落里的光

　　我不认识你，不知道你的面容、体态、脾气、个性，甚至你的性别，尤其是你的命运，它最为神秘，也最常引起我的想像。当我也还只是个孩子的时候，就不时会幻想：我有一个和我差不多、也许一模一样的孩子，就站在我的旁边、对面或者某个我伸手可及的角落。当某一种光轻轻穿越时间与空间，揭去披覆在你周围的那一层幽暗，我仿佛看见了另一个我——去想像你，变成了理解我自己，或者也可以反过来说，去发现我自己，结果却勾勒出一个你。一个不存在的你。在你真正拥有属于你自己的性别、面容、体态、脾气、个性乃至命运之前，我迫不及待地要把我对你的一切想像——或者说对我自己的一切发现，写下来，读给那个不存在的你听。

　　这个写作的念头突然跑出来撞了我一下的那一刻，我站在我父亲的病床旁边。从窗帘缝隙里透进来的夜光均匀地洒泻在他的脸上，是月光。只有月光才能用如此轻柔而不稍停伫的速度在一个悲哀的躯体上游走，滤除情感和时间，有如抚熨一块石头。老头儿果然睡得像石头，连鼻息也深不可测。要不是每隔几秒钟会有一条腿猛可痉挛那么一下子，他可以说就是个死人了。那是脊椎神经受伤的病人经常显现的症状：一条腿忽然活跃起来，带着连主人也控制不了的力气，朝什么方向踢上一踢，有股倨傲不驯的劲儿，仿佛是在亢声质问着："谁说我有病？"每隔几秒钟，它就"谁说我有病？"一下子。掩映而过的月光完全没有理会这条腿顽强得近乎可笑的意志，便移往更神秘的角落里去了。而我在月光走过的幽暗边缘被一条兀自抽搐的腿逗得居然笑出了一点眼泪，然后我知道：这是我开始写下一本书的时候了，它将被预先讲述给一个尚未出生的孩子听——在巨大无常且冷冽如月光一般的命运辗过这个孩子之前；这个不存在的孩子将会认识他的父亲、他的父亲的父亲，以及他父亲的父亲的父亲。他将认识他们。

命运和浴缸

我还认识另一个小孩，他的名字叫陆宽。那是一个很大气也很响亮的名字，和我想为你起的名字——张容，几乎一样好。就在陆宽即将念小学的前几天，我坐在他家客厅的一角，读一本杂志或什么的。我忽然听见他说了一句话（或者是读出一个句子）：

"住进一个没有命运也没有浴缸的房子。"紧接着，他很高兴地又重复了一遍。

"什么意思？"我扔下手上的杂志，仿佛看见了一个多么新奇的、发出光亮的玩具。

"住进一个没有命运也没有浴缸的房子。"

"这是哪里来的话？你想出来的吗？"

陆宽指了指电视机，荧幕上是华特·迪士尼的卡通片："卡通说的。"

我不相信华特·迪士尼本人或者他手下任何一个会把大力士海格力斯描写成纯良英雄的笨蛋画工能编出这样惊人的荒谬语句，于是我再问了一次，他依样再答了一次，而且又高声把那句子给念诵了一遍，在念到"浴缸"的时候特别咧开嘴笑起来。

这里面一定有误会。也许为卡通作翻译的家伙搞错了，也许配音的说错了，也许陆宽听错了。可是——这也是我想告诉你的，那个句子说对了：住进一个没有命运也没有浴缸的房子。

"好逃避人生的巨大与繁琐。"这是我补充的注脚。

陆宽的妈妈是个名叫皮的好女人。这时她正坐在电视机旁边的电脑桌前努力修改一个天晓得能不能拍得出来的电影剧本。她在听见儿子大叫"浴缸"的时候也笑了，从老花镜的框沿上方瞅一眼儿子，对我说："他明明很喜欢洗澡的。"

"可是这个句子里的浴缸的确很好笑。"我说。因为命运太大而浴缸太小的缘故。

皮的外公有这样一段小小的故事。当这个老人即将度过平生第九十个生日的某一天，他打电话给几十个散居在外地的儿子、女儿、侄儿、侄女、外甥、外甥女……务期一网打尽。在电话里，他故意用非常低弱的音量告诉每一个孩子：今年不要大张旗鼓地为他庆生做寿。"生日那一天偷偷过去就算了，不要让老天爷知道。"老人的意思再明白不过——他还想趁老天爷没注意的当儿多活些日子。

可是活着——一桩你即将面对的事，是一个多么复杂的工程。它包括太多无论是苦是乐是悲是喜的小零件，太过繁琐，其中自然包括浴缸这种东西，还有洗澡这种活动。

洗澡

我想先从洗澡说起。

应该不独中国人是这样的。每个降生到世上来的孩子所接受的第一个仪式就是洗澡。一盆温热的水，浸湿一方洁净的布，将婴儿头上、脸上、躯干和四肢上属于母亲的血水和体液清除尽去，出落一个全新的人。这全新的人睡眼惺忪，意识蒙眬，还察觉不到已然辗压迫至的命运。中国人在这桩事体上特别用心思，新生儿落地的第三天还要择一吉时，将洗澡之礼再操演一遍，谓之"洗三儿"。讲究的人家自然隆而重之，他们会请教精通医道的人士，调理出一种能强健体质的草药香油，涂抹在新生儿的身上。"洗三儿"是非常务实的，如果有任何一丁点儿深层的隐喻在里面，不过就是希望这孩子常保焕然一新的气质。中国人也从不认为洗的仪式有什么清涤罪恶、浸润圣灵的作用。

　　我在一个天主教会办的小学念一年级的时候，一度对那个宗教所有的仪式非常着迷，因为圣诗唱起来庄严优美，而每个星期五的下午，被称为"教友"的同学还可以少上一堂课，他们都到教室后方庭园深处的教堂里去望弥撒领圣体——一块薄薄的、据说没什么滋味的小面饼。我非常希望能尝尝那种小面饼。

　　"好吃吗？"我问我的教友同学。

　　"像纸一样。"教友同学说。

　　后来我吃了几张剪成小圆片的纸。然而那样并不能满足我成为一个教友、张嘴接住神父指尖夹过来的圣体以及逃掉一堂课的渴望。想当教友很简单，教友同学们都这么说：去受洗就可以了。据说受洗一点儿也不疼，神父会在你的额头上抹些油，教你祷告祷告，大概就是这样。我跟我父亲说我要受洗。他想都不想就说："你在家好好洗洗就可以了。"

　　的确。我不该忘记：当我初入学的时候，我父亲在我的学籍资料卡的宗教栏里填写了"儒"这个字。他也解释过：儒教就是孔夫子的道理；明白了孔夫子的道理就不需要什么洋教了。我成为一个没有宗教信仰的人，也自以为除了衣服和皮肤之外没什么可以清洗的。我最热切的宗教渴望恐怕也就在吞下那几张纸的时候噎住了。

偶尔，父亲愿意从病床上下来，勉强挂着助行器到浴室里洗个澡。"连洗个澡也要求人。"他低声叹着气，任我用莲蓬头冲洗他那发出阵阵酸气的身体，然后总是这样说："老天爷罚我。"

"老天爷干嘛罚你？"有一次我故意这么问。

"它就是罚我。"

在那一刻，一个句子朝我冲撞过来："这老人垮了。"

我继续拿莲蓬头冲洗他身体的各个部位。几近全秃的顶门、多皱褶且布满寿斑的脖颈和脸颊、长了颗腺瘤的肩膀、松皮垂软的胸部和腹部、残留着枣红色神经性疱疹斑痕的背脊。我伸手搓搓他的屁眼，又俯身向前托起他的睾丸和鸡鸡——那里就是当初我的源起之地，起码有一半的我是从那么狭小又局促的所在冒出来的。我轻轻揉了揉它们。显然，它们也早就垮了。

这老人还没垮的时候（要讲得准确些应该是：他摔那一跤之前的几十年里）几乎没在家洗过澡。他的澡都是在球场里洗的。差不多也就是从我出生那一年起，他开始打网球。我第一次看见他的身体就是在球场的浴室里。那是一具你知道再怎么样你也比不上的身体。大。什么都大的一个身体。吧嗒吧嗒打肥皂、哗啦哗啦冲水、呼啊呼啊吆喝着的身体。

对我来说：洗澡必然和这最初的视象融接合一。其意义似乎就是：你得眼睁睁地凝视一种比你巨大的东西，那是非常原始的恐惧。日后我在希区柯克和狄帕玛的惊栗电影中体会到：人在洗澡的时候，在赤裸着接受水的冲洗浇注的时候，其实无比渺小脆弱。持刀步步逼近的凶狂歹徒只是一个巨大的隐喻；人类无所遁逃，它辗压迫至，必然得逞。

惩罚

你尚未赤裸裸地到来，而我已着实惊栗着了。因为在身体的最核心，我有重大的欠缺；那是从我父亲，甚至我父亲的父亲……就已然承袭的一种欠缺。简单地说：我们这个家族的男子的恐惧都太浅薄，我们最多只能在命运面前颤抖、惶惑、丧失意志；再深进去，则空无一物。我们都不知道，也没有能力探究命运的背后还有些什么。于是，一具健康伟岸了七十六年的躯体在摔了一跤、损伤了一束比牙签还细的神经之后，就和整个世界断离。作为一个人，父亲只愿意做三件事：睡眠、饮食和排泄。这将是他对生命这个课题的总结论。如果你再追问下去："为什么？"他会说："老天爷罚我。"如果我央求他试着起床站一站、动一动、走一走，他会说："你不要跟着老天爷一起罚我。"我若不作声、静静坐在他睨视不着的床尾，就会发现他缓缓合上眼皮，微张着嘴，在每一次呼吸吐气的时候轻诵道："罚我哦——罚我哦——"

远甚于被囚禁在僵硬的肢体里动弹不得的惩罚是：我父亲将从此以为他的一生充满罪孽。我的惩罚则是永远无法将他从罪孽中解脱出来。

失落自由

据说，受孕三个月之内的胚胎在子宫里还无法附着，处于一种漂浮、游移的状态。我开始写这本书的时候，你正处于这种状态。我们都曾经于一无知觉中体验过这种自由——不徒无知于当下漫游的边界，亦且无觉于日后记忆的库藏，无视于自己的极限，又无羁于缅怀的缰索。这个自由是纯物质性的，终人之一生所能渴望的自由最多不过如此。

此刻你还在那样的自由状态之中。我只能以拙劣的想像力摹拟你的形体，可能犹如我曾经在显微镜里见过的、气泡般的变形虫，在一个潮湿、温润甚至有点闷热的子宫里向你的母亲任意下达各种欲望的指令：我想吃那种蘸了一点鲜摘辣椒加蒜末的酱料的蚵仔煎、像番茄一般大小带点中空膨松嚼劲的波士顿樱桃，我想喝沙漠鼠尾草茶、冰镇酸梅汤，不过我想还是先睡个觉好了——最好，最好在熟睡之前能听到舒伯特的《鳟鱼》，但是我可能在十六个小节之后就听烦了，那时最好来一段邓丽君的《何日君再来》或者周璇的《夜上海》，我不确定。不过，我不想闻烟味儿。

不错，抽烟的是我。我正在回忆那个关于自由的启蒙。在我上初中的时候，有一门课程叫做"公民与道德"。教这门课的老师有一副调门儿极高的嗓子和一双白皙纤细的脚踝。她的办公桌在化学实验室的角落里，每当我们在电解水分子或还原硫酸铜的时候，她都会尖声唱一句："不要吵——"C大调高音部的 355313。我们都叫她咪嗦嗦。咪嗦嗦给我们上的第一个关于自由的课程是从这个问题开始的："自由的定义是什么？"在点名询问过全班至少半数的同学这个问题之后，她提出了早先准备好的答案："自由就是在以不侵犯他人的自由的限制之下的行为。懂吗？""懂——"C大调高音部的 13，哆咪。

我必须移身到户外离你和你的母亲稍远一些的地方把烟抽完。这时我四十岁，几乎忘了咪嗦嗦的面孔，不过我必须坦白告诉你：当时我们所懂得的不是自由的定义，而是限制的定义，或者自由的限制。

我不能确知是否世人皆如此，抑或中国人皆如此，但是起码我这一代乃至于我父亲那一代的中国人在提到自由这个词的时候，总紧紧怀抱着一种又期待、又怕受伤害的情感——其中后者的成分恐怕还要多些。自由，一个所谓"现代意义"的生命不超过一百年的词，为不只两代的中国人带来的粗廓印象是一种具有威胁性和破坏性而不得不加以限制的力量；即使在倾心向往这个词的人们那里，它也常只是一个孤悬的理想、空洞的口号甚至狡猾的借口。

而我想告诉你的是，大约就在你逐渐发展了知觉、长出胎盘、开始附着在你母亲子宫内的某个角落——一个小小的原乡——的时候已经失去了自由。关于这种失落，我有两个故事。一个是你爷爷的，一个是国王的。

追花落河

我八岁那年的初夏五月，在刚洒了水、恢复平整、发出阵阵泥腥味的红土球场边的浴室里得到一个允诺：正在吧嗒吧嗒打肥皂的父亲说他今年要带我去游泳。去哪里？我问。游泳池啊。他说，随即叹了口气，在个池子里扑蹬扑蹬算什么游泳？然后他告诉我那个到河里游泳的故事。一个关于自由及其惩罚的故事。

"我父亲很不喜欢我的，你知道罢。"我父亲说。我当然知道，我出生之前他大概就告诉我不知道多少次了。他是我爷爷的第七个儿子。在千盼万盼要个女儿的我爷爷眼里，这个又黑、又大，鼻子又扁的丑儿子简直是多余的，他疼的是老大，没辙的是老二，欣赏的是老五，讨厌的是我父亲。我父亲被一个抽鸦片、搞盐务而且脾气坏透了的老头子讨厌了十年，终于在一个夏天的正午（当然是在挨了一顿痛打之后）得着了神悟——他蹲在济南市朝阳街老家南屋的一条小水沟边，看见一朵石榴花从树梢落下来，一落落进水沟里。石榴花端端正正落在水面上，仿佛迟疑了一下，转了个圈儿，好像回头看一眼石榴树和树后挂着"有容德乃大，无欺心自安"油漆木刻联匾的懋德堂，打个颤，便顺着清澈的沟水流下去。那沟里流的是泉水，从北屋我奶奶房后不知道哪块石板底下冒出来，取径于青石砖的缝隙，绕过西厢房后檐下的两棵梧桐树，便往地里凿成了一条天然的小沟。老祖宗们建懋德堂时刻意留了这沟，取其源头活水、源远流长的意思。这沟得了纵容，自西徂东、穿越三进的院落，甚至还在汇合了另两个泉眼之后爬上高坡、潺潺折向南流，在二进的东厢房下，它笔直地朝地面刻出砖石和泥土的楚河汉界。这一如刀斧般锐利、决绝的线条可能是地球上惟一一条自然天成的直线。老祖宗们不敢违逆天意，只得顺沟建筑屋基。传说住这排厢房的子孙与族人不会十分亲睦。我四大爷是个现成的例子，他叫张萃京，死时身长不满一尺，从没见过他下面的三弟二妹。我四大爷在二进的东厢房里出生又夭亡之后，这排屋子就算是废了。据说到打日本鬼子的时候充当过点校新兵员额的临时司令部，我二大爷还在那里捡着两把缺把子手枪和两千多发子弹。日本人进城前半天，我二大爷试着扔了一发子弹在小泉沟里，看冲不冲得走它。那发子弹（用我父亲的话说）"像一颗鱼雷一样就给泉水冲跑了"。我二大爷索性把所有的子弹全倾进沟里。半个时辰之后，子弹一发不剩。它们有如挨号排队的一般、一发接一发沿沟斜斜滚入一进花厅的地底下，流向西屋，再从石榴树后头冒出来，大致上仍是一列纵队，一路流出院墙之外，顺着整整七年以前我父亲追赶石榴花的路径，一口气注入小清河。

　　一九三一年七月，我父亲九岁零八个月，他跟着一朵从泉沟里漂出院墙的石榴花跑了好几里路，来到小清河边，纵身一跃，扑向看起来清澈见底的河水。在这个重大的一刻，我父亲可没有一丝寻短见的意思。不，没有那么深沉和悲哀。他只是想离开那个家——而且以一种懒得费力气的方式。他以为他可以像一朵石榴花那样，端端坐在水面上，摇摇颤颤一路顺流而下，也许经过一些像剪子巷、麻面胡同那样热闹的市集，就出了海了。我父亲跳下小清河的那一刹那，感受到他还不懂得意思的一个词：自由。我爷爷再也打不着他、我奶奶再也疼不了他、天王老子再也管不住他了，就是这么个意思。他栽进一大丛轻里吧唧的水草里，睁眼瞧见成千上万个鱼眼蟹眼大的气泡，就像晴天夜空里密匝匝的星星一样。他瞪视着这一片片湛蓝、翠绿和晶金光亮的色彩，发觉这是一个他从来没见过、也没能想像过的陌生世界，他不可能属于这里。那么——自由也因之不只是凉快舒服没人修理而已，自由根本是不可能。随着大大小小的气泡给弹向水面的时候，我父亲才想起来，他其实不会凫水——凫水是山东话，就是游泳的意思。

"你没有淹死吗？"我问。

我父亲在一大堆白花花的肥皂泡里斜斜睨了我一眼，意思好像是说没见过你这么笨的小孩子。好半天才答了句："没有。"

他只是把脑袋探出河面去，吸了口气，一蹬腿却沉了底，不多会儿又随着小泡泡浮上来，他就再吸一口气。就这么浮一浮、沉一沉，一面让河水带着打转，直到天黑，水底的世界和水面的世界不知怎么商量好了似的一起暗下来。他忽然发现，沉不下去了。一脚踩在沙窝子上，再一抬头，另只脚也踏上半截埋陷在沙滩里的老树根，眼前是一排九棵白杨树。这儿他认得，叫南大湾。出了小路向东拐，走三百步就是洛口杨家，我奶奶的娘家，离朝阳街懋德堂十二里地。

"那后来呢？"

"挨揍啊！还有什么后来？"

距离下一次我父亲以一种潜意识的状态争取自由，还有十七年。我和我父亲都不会同意这一老实十七年是由于我爷爷的一顿家法奏了效，因为我不相信肉体的痛苦会保留在记忆之中，而我父亲则根本不会承认十七年后他曾经试图借故离家、遗弃我的母亲。我如果相信自由会换来惩罚，那惩罚绝对不是我爷爷手上的鞭子，而是我母亲间关千里从济南到青岛找到我父亲的旅程——其中有一半的路途还是用她那双有些许残障的脚走出来的。我父亲不得不接受这惩罚的折磨，从此变成一个乖顺的男人。

奥德修斯的惩罚

另一个故事我将在你五岁那年从头至尾读一遍给你听，现在我只讲其中的一小部分，因为它和你爷爷的故事有点儿遥远的关系。

这个国王叫奥德修斯（也有人叫他尤利西斯），他的国叫伊塔刻。很久很久以前，在希腊这个区域，出现过很多像伊塔刻这样的小国，他们之间经常以神的自由和惩罚做借口，彼此发动战争。伊塔刻国所属的大部族叫亚该亚族，亚该亚人以迈锡尼国的王阿伽门农为领袖，对他们的东方劲敌特洛伊人发动了一场大规模的战争。伊塔刻的国王奥德修斯原本不想加入远征军的，他故意用盐播种，佯装发疯，却还是被人识破，不得不加入战团。因为奥德修斯是个足智多谋又勇力兼善的英雄，远征军也是因为他的多方献策才终于靠一匹肚子里暗藏士兵的巨大木马在第十年的时候破城而入，算是打赢了。但是，奥德修斯并没有马上回家，他又在外地浪游了十年。等到他重返家园的时刻，和他分别二十年的美丽妻子珀涅罗珀已经差一点儿被迫从一百零八个长期前来家中盘踞骚扰的各地贵族子弟中择一而嫁。要不是智慧女神雅典娜的暗中帮助，他的儿子忒勒玛科斯也不可能完成保护母亲、守护家产的责任。这些都不是我现在要跟你讲的。

我所要讲的是，为什么奥德修斯要花上十年的时间才能回到自己朝思夜梦的家？他对那个家果真像那部依据古代传说而写成的史诗《奥德赛》所描述的那样朝思夜梦吗？即使《奥德赛》里不时描写这个有家归不得的英雄"辗转哭泣"、"哭泣祷告"、"眼泪沾湿了华美的衣裳"……然而，十年的光阴之中，有一整年的时间奥德修斯睡在女神喀耳刻的床上。那床还得靠四个由"山泉林薮和流入大海的神圣河水"所生的侍女为他准备。"一个在座椅上放好美丽的紫色毛毯，下面又铺上麻木；另一个在椅子前面摆上镶银的餐几，上面放上金编的篮子；第三个在银碗里调好蜜甜的酒，分好黄金杯盏；第四个带来清水，又在一个大铜鼎下生起烈火、把水烧热，等到水在灿烂的铜鼎里煮沸的时候，"奥德修斯回忆道，"她先调好水温，再给我洗澡。"

是的，又是洗澡——也惟有洗澡才能显现人生中美好部分的繁琐细节。给奥德修斯洗澡的最后一个步骤是在他身上涂很多橄榄油，再披上衬衫和美好的套袍，才引他入座，脚下还多放一张凳子，供应他麦饼、肴肉和各种食品。奥德修斯是这样说的："我们从那时起就留在那里，每天大量吃着肉、喝着甜酒。"直到他忠实的伙伴提醒他："如果命里注定你可以得救，能够回到你的故乡和高大宫邸的话，你现在应该考虑回乡了。"奥德修斯才想起了伊塔刻。这时他心里的伊塔刻难道不像远征前的特洛伊那样，成为一个陌生、遥远，充满无奈命运巨力的羁绊吗？后来，奥德修斯勇敢的伙伴全都淹死了，只剩下他一个人骑在船脊上，在葡萄紫色的大海里漂流了十天，漂到奥吉吉亚岛。那个岛上的美丽女神卡吕普索供应他饮食衣裳、允诺他长生不老。你知道后来怎么了吗？奥德修斯在卡吕普索的床上待了七年。七年之后，天帝宙斯的使者赫尔墨斯带来要求卡吕普索释放奥德修斯的旨意。赫尔墨斯发现奥德修斯"正坐在岸边悲伤叹息，望着荒凉大海，流着眼泪，折磨他自己"——他是在想家吗？不。我不这么想。我认为他只是受不了美貌、享受、青春和一切停驻不前、毫无出路的囚禁，永恒的囚禁。无论出征、苦战、胜利、漂流、飨宴、交欢、迷途、寻索、返乡、复仇，也无论结果使人喜悦或愤怒、快乐或悲伤，奥德修斯的故事告诉我：一次又一次的囚禁不停地召唤着人们，一声又一声唱的却是自由。当人无能豁免那召唤的时候，已然接受了惩罚。

角落里的光

三十六年前，我父亲让我跨坐在他的膝头，听他为我讲述一个从石头里进出来的猴子的故事，以及三个在桃树园子里结拜成兄弟的英雄到处去打仗的历史。我将在五年以后做同样的事情。不过，到你五岁的时候，差不多就可以听木马屠城和奥德修斯流浪的经过了。我会一字不漏地把《伊利亚特》与《奥德赛》念给你听，不放过任何一个别人也许以为不合适的细节。可是，这样做并不表示你的父亲对故事里的涵义一无顾忌，我之所以会先把这一部分的奥德修斯写下来，其实正出于我的恐惧。我生怕到了你坐在我膝头上的那个时刻，我已然不会有勇气向你透露：自由的失落、惩罚的折磨、囚禁的永恒以及命运的巨大……诸如此类的想法，因为对一个孩子来说，它们听起来像是诅咒，将倏忽从角落中掩扑而来。

而我们没有能力预见。

第二章　预言

　　我只在一帧照片上见过你的曾祖母，圆饱饱的一张盘子脸上有双菱仁儿形的大眼睛。据说那是洛口杨家出产的一种眼睛，澄净、透澈、湿润，可是不怎么肯落泪水。我父亲常说："你奶奶的眼力好极了，"他攒起拳，露出米粒大小的拳眼，"那么大小的字——真叫蝇头小楷，抄经，抄《金刚经》。"我奶奶开始抄经的那年五月，我二姑出世。由于日本人成天价往济南城开炮，开得满世界乱响，老人们为了哄慰初生的小婴儿（当然也是为了哄慰自己），便不住地念叨："不怕不怕，大响嘛！大响嘛！不怕不怕。"我二姑于是有了小名：大响。稍稍长成一个小姑娘之后，我二姑的轮廓五官逐渐出落得那么点儿洛口杨家的意思了，也分得出姓名字号称谓里其实有让人安于性别的教训了，她于是不许人喊大响，要喊就得喊茝京。人若是大响喊得急了，我二姑会瞪起一双洛口杨家的菱仁儿眼，她的哥哥、姐姐还有几乎和她同龄的侄女们就会一哄而散，叫嚷起来："惨案喽！惨案喽！"大响出生前几日济南发生过一起"五三惨案"，那是日本人准备发动大规模侵略战争的试探。我奶奶的眼力在那时候展露无遗。她挺着大肚子招呼煮饭的朱伙计关上大门，不许任何人出入。"要变天了！这不是闹俚戏。"我奶奶说完这话嗅嗅鼻子，把双小脚踩着跷咯噔咯噔抢进二大爷房里一胳臂打翻了烟灯，撂下这么句："你忍上几天罢！"随即使眼色示意我二大娘跟着她到西屋北角的里间房，吩咐道："你当家的没出息，他大哥也担不起事儿，老三一房病歪歪的，底下的三个还是孩子家，兰京更别提。俺上头还有老太太。你公爹呢？除了发脾气还是发脾气。俺现在捧着个这个——"我奶奶拍了拍包裹着大响的肚皮，接着说，"鬼子又来骛乱——你说，谁家来替俺拿点儿主意？"我二大娘低下头不吭气。我奶奶停息了好半响，才跟媳妇提出了她的想法："眼前二奶奶你依俺三件事：头一件，看着你那口子不许他再抽这个——"我奶奶伸出大小拇指比划了个烟枪的手势，"二一件，领着周妈、滕妈把后院儿的地窨子给拾掇干净——小启子这两天眼皮子耷拉下来了，怕是要发烧，万一生了疹子，过给老六他们就是个饥荒。你把小启子安顿在地窨子里，不要见光。这三一件呢，堤口庄看坟的老郭家这两天儿要是来了人，让他从小门儿进来，嘱咐他一家大小赶紧动身，上章丘二奶奶你娘家去，西郊不能留人。鬼子这回不是闹俚戏。""可坟地呢？""张家五大院列祖列宗的德行不是埋在地里的。老郭家上上下下十来口子可都是活人哪！"我奶奶吩咐完这话的第三天鬼子开炮轰城，第四天我父亲在地窖子里出水痘，第五天老郭家全家到了章丘旧军镇，托长工拐腿老四捎来了平安口信儿。拐腿老四还没来得及打小门儿出懋德堂，一颗炮弹就嵌在西院墙上了。我二姑随即降临人世，漫天烽火，一室红光。

简短地和你说战争

你即将诞生于一个暂无烽火的地方，就像我一样，只能从电影和电视上想见战争的面目，这和我父亲乃至我爷爷那两代的人是很不一样的。这两代的中国人背负着一部大历史，在炮声和弹孔的缝隙间存活下来。若非骄傲地告诉我们应该如何勇敢，即是骄傲地告诉我们应该如何懦弱，前者教人如何伟大，后者则教人如何渺小。我们张家门儿属于后者。如果说有"大时代"这种东西弥天漫地覆压而来，我们张家门儿祖宗的德行便是把头垂得低一些、再低一些，有如躲过一片掠顶的乌云那样。乌云过后，还不免惊呼一声："好险！"以告诫子孙。

从我这一代起算，上推五代到我高祖父张冠英。张冠英有三兄一弟，合起来就是所谓的五大院。我们这一院的功名到张冠英算是拔了尖儿，有乡试举人的出身，所以懋德堂大门门洞里曾经悬挂过一块刻了"文魁"两字的大匾。据说旁院里还出过一个张翰林，鼎甲出身的进士，当过清朝同治皇帝的读书侍从。可是我们这一院里对他老人家的评价是这样说的："当年领着同治爷嫖窑子的有他一个不？"话里那丝"幸亏俺没生在那一院里"的侥幸之意，犹如躲过一片乌云。

我必须说：这是一种嫉妒。刻意保持卑微、压抑身段、"帝力于我何有哉？"、把头垂得更低一些、承认自己的渺小。这一整套列祖列宗的德行提供给张家门儿的子孙绝佳的嫉妒位置。我们嫉妒这世界上净是些比我们伟大的人、比我们伟大的事、比我们伟大的力量，于是我们只好与这一切无关，甚至与嫉妒这样一种认真、细腻、深刻又丰富的情感本身亦无关。

然则，我可以简短地跟你说：战争起于嫉妒，且是立即地谋杀嫉妒这个情感。

在张冠英的子孙这一院的张家门儿里还有好几房。我曾祖父张润泉的大排行就是第七，我爷爷张宗周，更名兆荣，字伯欣，别号云悟——我叫他老烟虫、老浑蛋，他的大排行就是第十，光这两辈儿上衍出的子孙就何止百数？他们那样轻描淡写地调侃张翰林已经算是客气了，他们自己院里和自己院里之间的战争则未必不更惨烈。这是战争的原型——嫉妒这世界上他者的存在。

一九二八年五月，我父亲张启京足七岁，叫八岁。几个月前他已然发现自己看不清较远处的物事，便随手捡拾年长的大哥或三哥们扔在任何桌几橱柜上的眼镜往鼻梁上挂。他六哥张同京认为他的近视眼是乱戴兄长们的眼镜的结果，而非原因。这一对年龄较近的兄弟是这三进房里十几口人之间仅有的、绝无战争可言的两个。他们正隔着地窖子的门说着话，内容大致是门里的弟弟问门外的哥哥看见了些什么，门外的哥哥便告诉门里的弟弟他看见了些什么，门外的哥哥一边还埋怨门里的弟弟眼力实在坏，门里的弟弟只好嚷着说我给关在门里我看得见个屁啊我。他们的妹妹张兰京走过来听见这一切，认为她六哥犯了老娘不许上地窖子来的禁令，而七哥则讲话带着脏字眼儿，这就要上二嫂房里告状去。她六哥抢上来抓人，她七哥在门后头的窖子里吆喝——这是规模最小最小的一种战争，只不过他们都还不知道自己正在演练人生中其他较大的役事，也还不知道更巨大而惨烈的烽火已经在他们身边燃起。一颗炮弹于此际炸上西边院墙。章丘来的拐腿老四叫这一炮震飞了丈许远，爬起来就一手夹起我六大爷、一手抱住我大姑，朝北屋里喊了声："奶奶！"北屋里搭腔的是我二大娘，噪音尤为凄厉："奶——奶——生——啦——"

　　这个世界上每分每秒都有无数个生命不分青红皂白地降生，你不会例外，我二姑也一样。她不打听打听，济南悬着懋德堂号姓张的就有五大院几百口人丁，这些叔伯郎舅姑表姨娘之间的纷争扰攘正在遥远的未来等待她，而日本人已经先派遣一发炮弹前来致礼迎接了。其实，大约就在我爷爷往我奶奶身上撒下我二姑的种的前后——一九二七年七月二十五日，刚上任三个月的日本首相兼外相田中义一给宫内大臣一木喜德写了一封信，请后者代向日本天皇奏明积极攻打中国的策略，这个密本就是尔后闻名于世的"田中奏折"。田中奏折有一个基本嫉妒、不容他者的基本想法：中国统一对日本不利。而田中更不希望中国统一在南京国民政府对北方各地军阀发起的一连串军事讨伐行动之下。因此，田中决定"以武力阻碍中国之统一"。他奏折中一部分的原文是："欲征服支那，必先征服满蒙；欲征服世界，必先征服支那。"

支那本名中国。中国南京政府的国民革命军总司令由于不是懋德堂的，自然不姓张。这位总司令姓蒋，本名志清，改名中正，字介石。抗日战争期间人们称他蒋委员长。迁台之后黎民皆以蒋"总统"称之。蒋"总统"不免要过世，其子又为"总统"。为了区别先后，从前称他蒋委员长或蒋"总统"的人便改呼之为先"总统"蒋公或老"总统"。我父亲便属此类。等到老"总统"的儿子蒋经国当上"总统"，直呼他名字或叫他小蒋的就日渐多了起来。我对这两位的称呼则分别是老蒋"总统"和小蒋"总统"，这是我个人讲究的礼貌，它不会比众人流行的正确性重要，也不会更不重要。之所以向你赘述这些乃是顺便说明一下：礼貌不全然像我这一代人普遍认为的那样只是虚矫的仪态而已，它反而常是清涤我们对伟大人物的嫉妒的手段。

嫉妒中国即将被南京政府国民革命军蒋总司令统一的日本人

决定扶植北方的军阀——濒临惨败的孙传芳，于是在我奶奶阵痛开始的那一天调派了为数三千的军队开赴济南近郊。五月三日，日军包围山东交涉公署，将交涉员蔡公时掳去，一刀割去他的左耳，两刀割去他的右耳，三刀割去他的鼻子。中国人称此为"五三惨案"。

三株灵魂

尽管我现在可以大言不惭地对你说："战争起于嫉妒，且是立即地谋杀嫉妒这个认真、细腻、深刻又丰富的情感。"它听起来其实是十分世故的。在我较早的生命里，还有一片可以说相当天真的时区。我在那里询问晚餐桌上喝着五加皮酒的父亲："五三惨案"是怎么一回事？我那样问着的时候，满脑子想像的答案是多少士兵杀了多少士兵的战争细节——那是简陋的历史课本所不能提供的刺激场面。我父亲问我：怎么想起来问这个？我说：历史课本上提到"济南发生'五三惨案'"。我父亲"喔"了一声之后想了很久，终于慢条斯理地告诉我：他在地窖子里出了水痘，日本鬼子到处开炮，我奶奶则亲手包了一板子蚕豆大小的饺子给他吃。"因为我那时候喉咙肿了，什么也咽不下，又想吃饺子。"我父亲说着哽了声、红了眼，随即落了泪，冲我用国语说了句："我想我妈妈。"我母亲在旁边放下碗，说我父亲喝了酒净废话。我父亲接着用山东话跟我母亲说："你知道什么？民国十七年你还早着哪！那时候儿只有俺娘疼俺疼得紧，俺爹不喜欢我。"我母亲说："这话絮叨过几百遍了你不嫌絮么？"我冲口而出打了个抱不平："爷爷是个老浑蛋！"紧接着我父亲的一只大巴掌就拍上了我的后脑勺："你才是个浑蛋！这是怎么说话？一点礼貌都不懂！"这是我懂得"五三惨案"以及礼貌的开始。

让我和你——我的孩子，一起回到我生命中那个十分天真的时区，看一看那饭桌旁我们一家三口所受的微不足道的委屈。我母亲，从未参与过我父亲的成长，却在我父亲酒后脆弱又悲哀的胁迫下一次又一次地分享他廉价的自怜。她的娘家离朝阳街四十里，嫁到张家的时候已经二十四岁，对张家门儿的德行的理解与我父亲有着近二十年的时差，我父亲无视于此，也不曾将我母亲带回他生命中包涵各种丰富情感的角落（一如他不曾带我进入一九二八年五月三日的大历史事件现场一样），可是却要求她完全体会、感同他那受轻贱的、有如遗弃的伤痛。我父亲，他的妻子不想理解他的悲哀是怎么一回事，且要求他以吃饱穿暖之余并无余事的态度去压抑或蔑视情感所带来的骚动；他的儿子对朝阳街四合三进大院墙里平庸琐碎的家常没兴趣，却想让他为大时代作不在场的目击见证。他只能更顽固、更执拗也更感伤地爱上自己的悲剧。至于我，我的委屈是一家三口里最轻薄短暂的——我只想以一惊人之语让我父亲不要那样孤立无援以至于掉回头与我母亲争吵起来。

这个小小的晚餐场面以一个问题始、一个巴掌终,连电视剧都不屑编演的情节,它却点染出三个委屈:三株互不了解,也无法被了解的灵魂。在我的那一株里面,有一个我几乎不忍揭穿的部分,那就是我毫无自觉地利用了我父亲和母亲的无助,扮演一个控诉强者的强者。我用老浑蛋这个字眼发动了一次对早在一九四五年古历三月二十四日已经死去的爷爷的战争,我嫉妒我的爷爷,他居然可以那样对待我父亲。

书香门第

我爷爷有一种奇怪的性格,那就是不肯轻易相信任何人、任何事、任何见闻乃至于知识的性格。他的口头禅是:"有这么回事儿吗?""你这是跟俺说故事!""俺才不信哩。"这些口头禅一旦冲出,表示他已经很能信得过什么了。更多的时候他只是摇头、拍桌子。我奶奶曾经背着我爷爷取笑他这种德行,她跟经常无故受冤枉、受委屈甚至受凌辱的我父亲这样说:"别理他,你没见他一说话老鼠都挪窝儿,只有狗子上前摇尾巴。""为什么?""你老子一拍桌子,那挤在桌缝里的芝麻肉末儿花生皮儿都出来了。"

我奶奶生下我二姑的第三天,日本人停止炮击,她下床第一件事就是到后院地窖子里看我父亲，我父亲肿着张红彤彤的脸，正捏起一支毛笔在写大字，一见我奶奶便掉下泪来。我奶奶搂住他，问他想吃点什么，他只是憋着嗓子哭。我奶奶再问，我父亲索性张大了嘴，让她看见肿得咽不下食物的咽喉，不过仍勉强说了声："想吃饺子。"这就是那一板蚕豆大的饺子的来历，据说是我奶奶亲手包的。我爷爷当时抱着刚出生的大响，心情算是好的，却还忍不住数落我父亲装娇卖小。我奶奶一边包着饺子一边顶了我爷爷一句："自个儿心里安稳了就别说人家不老实。"

我爷爷心里不着安稳也是有来历的，这得再往上回三代，到我高祖父张冠英身上说去。

张冠英是举人出身——用我父亲半开玩笑的换算方法，就是现在的大学毕业的程度——在当时的五大院里算是露了头脸，有那么点要改换家声、成为书香门第的意思。可是张冠英自己也知道：想在功名上再跨一步，恐怕难以幸进。要维持一个"诗书继世，忠厚传家"的声望，就不得不另外替子孙谋出路。有人给他出了这么个主意：以他儿子张润泉的名义捐个百把亩地，兴办义学。这样一来，非但日后在地方上有了积仁行善的名声，张润泉也好歹有了个捐衔，就算不必三更灯火五更鸡地学作制义，也还保住了为善读书的体面。张冠英是个迂人，只知道读书的道途坎坷，却不通晓如何与官场里那些人事疏通交际。因此便央那拿主意的人给活动活动。赶巧那人在京里吏部有房远亲，两下里确也经常往来，于是许了个回话的日子就抬腿走人了。

张冠英从此有了盼头，喜滋滋地研墨铺纸、搦管濡毫，亲手给写了大门、二门的两副对联。大门写的正是那两句老词儿："诗书继世，忠厚传家。"二门写的是："绵世泽莫如为善，振家声还是读书。"当下遣人送了匾匠铺子。四大院张家的风范就这么挂起来了。

三个月之后，捎话的人如约前来，腋下还挟着个小包儿，在二门里喝了两盏茶，和下人说尽京里的趣事新闻——据说有个应门扫地的本家僮子听了为之心仪不已，不久即辞工回里、闭门读书，日后居然也博了个功名，而且榜下即用，成为安徽、河南好几个县份的父母。这是旁人闲话，姑且搁置不提。回头说起我高祖父张冠英将捎话的人请入二进正厅，把捐衔的事打听个究竟，才知道宦途机关紧复，不好相与。捎话的人也读书识字，颇有几分恭谨，寒暄半天才将腋下包儿松了，不敢径往几上搁，顺手塞在屁股后头，坐倚只及三寸，看似个仔细人。他是这么说的：

"四太爷要捐是个正理正路，错不了的。可捐什么？有学问。怎么捐？也有学问。您比方说捐军需粮饷，可以的，不过眼下海口也通了、洋人也退了，这一捐，犹之乎锦上添花，钉子打不到铆上。说明白了，就是全无接济。再比方说，捐河工，可以的，别说北五省，就是江南江北上百个县份，眼下也闹着要治河，这里头的名目多，花销也大。您四太爷一捐，犹之乎井水注海，千百两银子出了门儿，一阵风全刮到昆仑山去了。况且这捐里有了例子，您四太爷今年捐了，明年还得捐，东边儿捐了，西边儿也得捐。小的京里的亲戚说了，河里是口无底洞，他劝您老别给自家找饥荒。"

张冠英知道人家这是一份体贴，自然感激万分，连声称是，受教不已。可仍不免蹙眉问道："难道就没有旁的门道了么？我听说兴办义学也是一条极好的路子。"

捎话人点点头又摇摇头，沉吟片刻，才道："小的举个例子给四太爷听，由四太爷做主吧。天津——四太爷是知道的，原先天津是没有义学的，贫家子弟不是卖糖豆，就是拾柴火，连一个功名都不出。当今皇帝爷想起这档子事儿，问说：怎么天津出不了人呢？这一下好！南书房传到军机处，军机处交到部里，部里的太爷们连忙议了稿子，定一个兴义学的办法儿。什么办法儿呢？叫长芦盐运司起个头儿。城里城外设了九处义学馆，一馆里少收十来个，多收二三十口，都是寒门子弟——"

"这是好的，这是好的。"

"您听小的说，四太爷。这学馆里的书纸笔墨茶水，教授先生们的束脩，冬天的炉火、夏天的凉棚，一切开销，全由盐务里筹措。另外，蒙童四季的衣裳要敷裕，随时可以更换——"

"噢！"

"每人每日给面十二两。"

"噢！"

"初一、十五，运司里还专程派遣着稽查的义学大员到各塾里考试，考得好了的还得加赏。"

"噢！"我高祖父张冠英给惊得差一点儿站起来，"这花销也是不小啊！"

"这您四太爷不必担心思，也都是由盐务里支付的。"捎话的人稍稍凑前、压低声儿，道，"要能比照长芦的办法儿，您老只消捐上一块地，小小不言的，那可不就是现成的'绵世泽莫如为善，振家声还是读书'么？"

"嗯。"

"您老要是还有余心余力，办育婴堂、施馍厂、粥厂、棉衣厂，还有施棺会——拿棺木济贫的，掩骨会——捐块义坟地，春秋两季雇人清扫修葺，也是一捐。"

"万事以立本为先，我看还是兴义学这个门道是正途。"张冠英义形于色地说。

捎话的人于是从屁股后头拽过小包儿，轻轻置于几上，再轻轻摊开裹覆在外的巾绢，好半晌才露出了里头的物事：一叠以黄裱纸誊抄的京报，两份已经书写泰半的文书，还有小楷毛笔、盘龙方砚、铜池印泥和琉璃墨盒各一。

我高祖父读了京报，果然印证了捎话的人所言不虚。非仅如此，报上还记载着圣上如何加封一个江西婺源出身的举子，奖掖其轮地千顷、兴学有成的新闻。接着，捎话的人眼角含泪、趋前跪倒，冲我高祖父连磕三个响头，道："四太爷肯捐地兴学，小的这一堂三房里二十多口子弟也有了读书识字的着落了。不像小的，才进了两年学便迫于家计，在市井里混迹营生，简直不成材料。"

剩下来的事三言两语可以表过：我高祖父着人取出南山里三百亩的地契，付与捎话的人，又与捎话的人填写了一式两份的托付状子，由后者注墨抻纸，我高祖父挥毫填写了土地幅员、托付年日以及他自己的名讳。这中间只有一点小意外：写到第二份书契的末了，琉璃墨盒里的汁子用干，砚池也枯涩不润，我高祖父只得另外研了墨，才签上"张冠英"三字，完成了手续。

"四太爷等着领封罢。"捎话的人又含泪叩头一番，才依依不舍话别离去。

这是清朝道光二十二年、西元一八四二年间的事。我曾祖父张润泉满两岁、叫三岁，家人们开始戏称他"员外郎"。然而事情并不那么顺遂——那捎话的人忽然携家挈子离开当时名为历城的故乡本县，甚至离开了济南府，离开了山东。我高祖父仍不肯有疑于他，矜持了个把月才开箱取出托付状子，上头什么也没有，偏是光洁素净的白纸一张，只在左下角有黑大光圆的"张冠英"三字，以及血红赤腥的铃印一方。

那腥味儿——据我奶奶说，并非来自印泥，而是捎话的人琉璃墨盒里的机关。那是墨鱼囊子里的汁液，以之濡毫，初无异象，久之即色褪痕消，无迹可求。"怨不得墨鱼叫乌'贼'嘛！"我奶奶跟我父亲说。说这话时，她老人家正抄着《金刚经》，蝇头小楷，历久不褪颜色。

说故事的人

　　在我奶奶的故事里，从来不曾提到，经人这么谋去了三百亩南山里的良田之后，我高祖父的持身处世之道、待人接物之方有什么彻底的、重大的、哪怕是些许的改变。倘或有，后代的子孙也不作兴述之论之，因为那样将迫使老祖宗身陷不智亦不德的窘境。我只能从非常隐微的家庭琐事上观察、描述。说来似乎平常，南屋的对联换过了。那是道光三十年、西元一八五〇年新正初一的事。我曾祖父张润泉头天夜里才从东关陈亲陈状元后人开的谦裕当铺休假返家。一早醒来，透窗瞥见南屋门口原先的门联"雨过琴书润，风来翰墨香"不见了，换上的是"百福尽随新节至，千祥俱自早春来"，门楣上多了一款横批："福曜常临"。换掉的对联不只这一副。北屋正门前原先的"水流任急心常静，花落虽频意自闲"也没了踪影，如今改成"碧桃春结三千岁，丹桂秋芳万里程"，横批则由"车马无喧"换成了"万福攸同"。张润泉日后告诉他的儿子——也就是我的爷爷，说："这一改改得好！当年开春俺就升了管事。再过五年，就成了掌柜，那一年俺才多么大啊？十六。"

　　我这一代的人辗转听到这样的故事的时候——尤其是当我们自己还是个孩子的时候，会感受到极大的威胁，因为我自有一套非常简单的换算方式。当我进入一所花费非常昂贵的私立初中的第二年，刚满十三岁零三个月，那时我骑着一辆破旧的红色脚踏车，跟着我父亲的脚踏车胎痕在风雨中横贯台北市，心里想的是，我曾祖父像我这么大小的时候，早已经是一家当铺的管事，到我考高中那年岁，我曾祖父已经是掌柜的了。这样换算的结论很简单：你永远不可能比你的老祖宗更有成就。然而，这并不是我奶奶说故事的本意，它甚至和我跟你说这一切的意思正相反。

　　你还在母亲的子宫里，尽情地需索任何赖以维生的物质，一直到你出生以后（乃至于整个的幼年时期），除了供应你所有的物质需要之外，人们不会要求你一丁点儿其他。我和你的母亲只会祈求并期待你活着，也许健康地活着，也许多一点儿——健康又美丽地活着。倘若日复一日，你的确看来健康又美丽，我们会有进一步的渴望：你最好比别的孩子聪明一点儿、努力一点儿、顺遂一点儿……设若一路这么盼下去，终究有一日，我们必然会要求你比旁人更有道德、有智慧、有成就，甚至有钱有势。让我暂时不要那样贪婪，让我在健康这个词上暂停一下，回到我奶奶说的那故事的边缘。

一个显著的病征在我爷爷身上突显出来的当时并没有任何人可以察觉。我奶奶口称的"上头的老太太",也就是我爷爷的母亲、我的曾祖母、张润泉的偏房妻子朱氏,是这么教训我爷爷的:"念书识字,当然是好事,可你得念得比人好、识得比人强;比不得人好、比不得人强,不如不走这一行。咱大门口儿上楔的是这个行当子,看着哩,不走这行也不成;可走上这一行,你千万别学你爷爷——之乎者也上头唬得人肚里嘀咕,可柴米油盐上头怵得人心里发慌。"

这番话的意思好像是说:如果为了吻合"绵世泽"、"振家声"的老训诲,我爷爷就该比他的爷爷更务实、更本分、更了解世界不尽如读书人所想像的那样单纯而且美好。我爷爷所领受的可以说比这话更深沉,也可以说比这话更浅薄,形之于日常,则是他信不过任何人,或者说:他总是相信世界将对他不利。

那个从我奶奶口中传下来的故事的后半段是这样的:

我曾祖父当上谦裕当铺的掌柜,可以说少年得意了。然而他仍不以为足,另外想了个生财的路子,把当铺里许多过期不赎的衣物接手包下,自己出资在估衣市街盘下个店面,开起估衣铺来,招牌挂起来,名曰"百顺",衣依谐音,既取做生意"百依百顺"的和气,又有诸事亨通的祝福。从此,家道又渐渐兴旺起来。不但翻修了正屋,还加盖了东西两排厢房,制办许多虽然用不着可也得摆设起来的家具。到了同治年间,前院种上榆钱,后院种上梧桐，中间的天井和厢房外的院落更遍植起牡丹、芍药之类的花木。万事俱备，张润泉还觉得有一点欠缺——他那长年害着痨病的元配孙氏始终没给他立个子嗣，于是众里寻觅千百度，终于在泰安物色了一门侧室，本家姓朱，也就是我的曾祖母。光绪十二年，西元一八八六年，我爷爷出生，张润泉已经四十八岁了。就我爷爷的印象所及，每到过年，张润泉都会同他历述一回当年张冠英捐衔未果，倒叫人平白赚去南山里三百亩地，吃了这样的闷亏，人前竟然不敢言语的故事。说完这一段儿，就说道光三十年换门联那一段儿。光绪十六年古历腊月二十三祭灶日，我曾祖父提了前八天对我爷爷说那两段儿故事。才要说到门联上，西屋里发了喊："大奶奶过去了。"大奶奶就是孙氏夫人，我爷爷喊大娘的。那时我爷爷一分神，正待朝西屋里奔，领口却让他爹揪住，随即脸颊上落了一巴掌——张润泉硬生生把那两段儿说完，才让儿子跟在他身后，到西屋去探看身体已经凉掉了的孙氏。第二年秋后重阳，张润泉领着六岁的我爷爷上后院看梧桐，不知什么缘故又提起那两段陈年往事。我爷爷忽然抬头问道："怎么又过年了么？"

张润泉且不答他，径往梧桐树下走去，弯腰摸索半天，按定一块突起的石凳，忽然说了声："天怎么黑了？"人便回身坐在那石凳上，背倚着树干，死了。

勉强要解释我爷爷往后遇人则疑、遇事则怒的病征，我总认为那跟张冠英受人坑骗的往事没有直接的关系，真正有关的是他在幼年时一连经历了两次死亡，都与说故事有关。第一个故事说的当然是背叛，第二个故事其实也一样——张冠英和张润泉父子背叛了老门联上那天真之中带些虚矫气息的读书人理想。可是，更深邃而猛烈的撞击显然来自死亡，倏忽掩至的死亡与故事的述说总是相伴随、相绾结、相缠祟。我爷爷不能拒绝，更不愿接受死亡这一突如其来的、对生命的背叛，他只能彻底怀疑一切说故事的人——或者也可以这么说：他只能把说故事这件事和生命中难以抵御的背叛融织一气、无由分辨。那一瞬间在梧桐树下目睹的死亡形成了长远的惊吓，让我爷爷从六岁起即只能以暴怒这种甫自幼童时期发展出来的情绪严峻地对待生命——无论是他自己的，抑或是别人的。除非他碰上了真正强悍的人。这样的人出现在他面前，会使死亡的惊吓踯躅却步，让他不再感受到对生命有一终极背叛的巨大威胁。我爷爷活了一甲子的岁月，只见过两个这样的人物。一个是比他年长一岁、来自洛口杨谦斋杨举人家的长女，他的妻子杨似芳；另一个是双足微跛、沉静寡言、来自城北中大槐树刘家的女儿兰英。刘兰英在一九四三年进了懋德堂，成为我爷爷、奶奶的第七个儿媳妇，我父亲张启京的妻子，一个尽可能把故事说得短到不能再短、从来不做梦的女人。

预言

　　记忆中我最早做过的一个梦是在将近三十九年以前，我还没上幼稚园，甚至没听过做梦这个词。梦中的景象至今依然历历在目：我母亲牵着我的手下床，穿过只有四个半榻榻米大小的客厅，站在屋门边，隔着纱窗望向漆黑的院子。这个梦中的院子坐落在我现实的家的正前方，大门口的牌子上注明了台北市辽宁街一一六巷五十二号。大门正对着一排空军眷舍，门口的小巷东西横走，巷北是光复东村，巷南的我们属于复华新村。在那个梦里，我母亲牵着我的手（似乎是在等待着、凝视着什么事情的到来），我望一眼我母亲、望一眼院子，再望一眼我母亲，再望一眼夜空。不多会儿，忽然有数不清的、只能用成千上万来形容的星星从天顶坠落，一路砸上了光复东村的黑瓦房顶。在那个年代——大约是西元一九五九年，我还不曾见过焰火，不曾看过或听过火灾、火山爆发，也不知道这世上还有电影和电视这一类的影像工具可以模拟出——比方说像外星人入侵之类的，星际大战的场面，所以我受到极大的惊吓。在黑夜中醒来，我看见我母亲、父亲睡得极熟，似乎并未经历我目睹的一切。这是第二个惊吓——仿佛方才那繁星毕落、万火齐燃、令人不敢逼视的光明是一幕只有我才得见得知的情景。换言之：它特别是发生了来惊吓我的。我吓得甚至不敢哭泣。

之后不知过了多久，我才告诉我母亲："星星掉到小宝家。"我也告诉我父亲："星星掉到小宝家。"我母亲笑了。我父亲则连忙推开屋门，走到院子里，踮起脚朝巷子对面张望一阵，说："嗯！是掉了一地。"我知道他在胡说八道。

一个无从解释的梦只好成为我日后见到的其他事物的解释——预言。是的，日后我在每年十月十日的夜晚看见焰火，在长春路辽宁街口目睹火灾，在电影院里看一种人们称之为"罗马片"的大场面杀人放火的时候，都会放声大哭，它们是我那原初的可怕梦境的再现。

可是在我奶奶那里，梦，作为一种预言，并不恐怖。当人们称赞她的眼力好、能写那么小的蝇头小楷的时刻，她是这么说的："看得细算不得好眼，看得远算不得好眼，一双好眼眨巴眨巴一看看见大明天。"我母亲解释我奶奶那话的意思是，眼力真正好的人可以预见未来。我告诉她，我做梦会梦到以后发生的事。我母亲嘿然一笑："那你能干。俺从来不做梦。"在这里我可要告诉你，"那你能干"这四个字可不是夸奖，而是温柔的嘲弄。两句话合起来的意思其实就是，"俺根本不知道你这说的是些什么。"

我奶奶是相信梦的——或者该这么说：我奶奶是相信梦的预言能力的。她相信一切无法解释的事都必然有一个解释，倘若不能解释于今日，亦必将能解释于未来。这里面悄悄地埋伏下另外两套思考的方法。其一是：越是在今日不能获得解释的事，它越是会在未来彰显它的意义；其二是：之所以有那么一件事物在今日看来没有一个解释，乃是因为它必须在未来的另一件事物上彰显其意义。这是所有神秘主义的源起，它的根底很可能就在人类出生后的第一个梦里——"星星掉到小宝家"成为节日焰火的预言，成为长春路火灾的预言。甚至到我二十岁第一次看《星球大战》的时候，都会立刻想起那个最初的梦——虽然那时我久已不相信梦有什么启示作用。可是，亲爱的孩子，当你被第一个梦吓着的时候，我会知道吗？我该像我母亲一样，对我所不知无觉的事物存而不论？还是像我父亲一样，开一个弄假成真的玩笑，让真相益发可疑，并使追求解释的努力相形之下显得无稽或滑稽？或者，像我奶奶。

我六大爷小时候做过一个梦。我不知道那是不是他的第一个梦，也不知道他是不是被那个梦吓着过。向我描述那个梦的时候，我六大爷已经七十岁了，那是一九八八年的四月，我们坐在济南老家北屋东侧的炕头上。他说："我梦见你二大爷朝小水沟里扔爆仗，扔一个，响一声，扔一个，响一声。后首我告诉你奶奶，你猜你奶奶说什么？""奶奶说什么？""你奶奶说，唉哟可了不得了！家里要来客人啦！"我六大爷说到这里，皱起一脸阡陌纵横的纹路，露出一金一银两颗镶牙，笑了起来："真可恨这些客人不大懂得做客的礼貌！"他指的是一九二八年五月开炮压境，并于一九三七年十二月二十七日以国军韩复榘部弃守而辗迫进城的日本人。

就我记忆所及，好像从来没有谁统计过我奶奶所作的预言之中有多少比例的准确度，也没有人分析、研究过那些预言的成因或者与事实对照的符号学意义。一部分的原因可能是我奶奶有那种"常行于所当行，止于不可不止"、"如万斛泉源，不择地皆可出"的叙述本领和叫人惊诧、意外、印象鲜明以及解悟不透究竟的想像能力。她的子女在几十年后某些家庭聚会的场合上仍能争先忆述他们各自从她那里听来的故事，那些故事又总不免沾染着预言的色彩。此外——更可能的一个原因是：我奶奶对做梦这种事有一种亲切的、直观的领会，她从而可以模拟人们对梦所作的纷呈零乱的描述，摆脱经验的、逻辑的、实证的、科学的甚至真理真相的捆缚，予痛苦、灾难、艰辛、焦虑、惶惑中的人一点无从证明亦无从否认的乐趣，一点离开现实处境的抚慰。

对我来说，我奶奶那些预言是否准确以及为什么准确从来不是个重要的问题——我甚至宁可相信：她始终对那些个在大家族中备受煎熬的成员鸡零狗碎的人生疑惑和俗事挣扎报以一种可以名之曰"乱以它语"的解释，她是几个世代以来懋德堂里最会讲故事的人——一位小说家。

清光绪三十二年、西元一九〇六年，我奶奶杨似芳、字蕙如、洛口杨谦斋杨举人的长女嫁到济南西门外朝阳街懋德堂张家。两年之后，她产下第一个儿子，名之曰汉京，字西侯，小名广生。那是个一出生就笑个不停的小婴儿。我爷爷一举得嗣，分外欢欣，特别请了个据说极其灵验的算命先生到家里来，待若上宾，延之为这长子"道一道世途"。算命先生吃喝两顿，还在前进厢房里留宿了一宵，待到第二天黄道吉日才摆开阵势，卜了一卦。殊不料到这解卦之际，算命先生却沉吟再三，辗转不能定夺。我奶奶在一旁忽地叹了口气，似笑非笑地随口念了两句："瞻望弗及，泣涕如雨。"

这是《诗经·邶风》中《燕燕》首章的两句，原文是："燕燕于飞，差池其羽。之子于归，远送于野。瞻望弗及，泣涕如雨。"意思大约是说：在为远嫁他方的女儿送行之际，忽然看见（或想起）像燕子这样按时出来的候鸟鼓翅翱翔的情景——倒过来，说成看见燕翔上下而想起（或眺望）远嫁他方的女儿亦未尝不可——不觉泪落如雨下。

那算命先生一听这话，当即长揖及地，对我爷爷说："尊府自有高明，多不了我这么个浅人狂言妄语！告辞告辞。"

三年之后，我大大爷自在门前玩耍，忽然来了个用黄雀抽帖算命的术士，我大大爷当下把术士叫住，让与那黄雀出笼，权抽一帖，把玩起来。那术士则连忙知会看门的伙计朱成，后者随即入内通禀。我爷爷只好着人将术士迎进大门，一听是雀帖卜运，不觉大喜，忙与众人吩咐："三年前那'瞻望弗及，泣涕如雨'的句子说的是《燕燕》，燕燕明明是只鸟儿，岂不就应在今天了？"及至取帖细看，上头画了个头梳朝天椎的小儿，手上拎着一串铜钱，术士趋前道："大少爷这富贵是胎里带、命里在、无求无愿时时来，您老放心呗！"我爷爷一高兴，赉发那术士不少银钱，留下那张雀帖，径至后房同我奶奶细说经过。我奶奶将那雀帖仔细端详了一回，忽然笑了起来，对我爷爷说："这帖子上画得要是实在，您老人家可要辛苦了。""怎么说？"我爷爷脸一沉。

"这串铜钱的红绳子下头没打个扣子，照看是有一文、花一文，没个了局耶。"我奶奶这样说。

而且她说得一点儿也没错。我那个一生行乐，而且带给许多人快乐回忆的大大爷好像从来不知道金钱是大部分的世人以生命中某些极其珍贵的部分辛勤换取而得的。一九六七年，他在一处舞台的右旁司琴，正拉着一首《甘露寺》乔国老的二六唱段时心肌梗塞突然发作，一跤蹶过去，倒在柔软的红氍毹上。印象深刻的观众永远不会忘记，他拉的最后的那句唱腔是："这一班虎将，哪国有？"

第三章　我从哪里来？

对我而言，学习认识这世界的过程有如沿着一条看不见的、底端没有打上扣子的绳子，从某个我最熟悉的地方，走到稍远处，再远一些，然后再远一点。我可以给你打个比方：数字。我已经不能清楚记得是从什么时候开始学习数字的，但是每当我想起或者用到数字的排列——如1、2、3、4、5、6……都会在意识的底层残存着这么一抹残影，那就是有一条从我幼年时睡觉的地方（也许是一张大床的床头）牵起的绳状的东西（可是我看不见那条绳子），将一个又一个的数字排串起来，8、9、10大约就排在床尾附近。11、12、13有些时候沿着床尾一路排向小小的客厅，有些时候折回头和1、2、3排并成行。20、30大概已经到了大门口。40、50则远至冯小宝家的侧旁巷子外。90、100通常守候在辽宁街一百一十六巷巷子口，和所有的三位数字簇拥成群，通向南京东路、复旦桥。千位数、万位数甚至更大的数则有一深沉黑暗的背景——我知道那是夜晚的天空，它们像星星一样，一个接着一个，被那条隐形的绳索悬浮起来，稀疏而闪烁，是为我所能想像的世界的极限，不到我发高烧的时候，不会有东西从那里掉下来，砸到我的头上。

我父亲告诉我的中国历史也是这么排列着的。即使到了今天，当我去思考、理解某一个古代中国历史的问题或事件的时候，依稀仍有那么一个模糊的空间，衬映其下。这时，原先的数字不见了，代之出现的是伏羲氏、神农氏、唐尧、虞舜、夏、商、周……一个个假想出来的人物形象，以一种半透明的材质，依照前后次序飘浮在我的床头、床尾、小小的客厅、院落，以及更远的地方。周文王、周武王大概是在客厅与睡房之间那扇纸拉门的位置——后来姜子牙、哪吒以及所有《封神榜》上的人物都叫我给安置在那里，倒也不嫌太挤。《三国》里所有的故事则都发生在前院的葡萄架下、夹竹桃旁，且染有鸡粪的味道。岳飞故事里幼年时代所经历的那次大水灾就在复华新村的巷子里发生，岳飞母子赖以逃生的大水缸确实漂过隔壁刘家和刘家隔壁的郭家。《水浒》里的英雄则散居各处，但是大致上仍以长春市场附近为主，有时也会拿圆山动物园做背景——之所以如此，恐怕不外是书中情节所致：毕竟鲁提辖三拳打死镇关西是发生在肉铺门口，而武松打的那只老虎应该就住在圆山动物园里，起码离那儿不会太远。

在整个编入坐标之中，只有一小部分例外，那就是以一九一二年作为分水岭的近代历史。我的父亲告诉我：历史从很早很早的时候开始，离我们的现在是越来越近的。这一点我以前从来想不透。因为若是依照我编串数字以及夏商周秦汉的方法，那条隐形的绳子的尽头，也就是我自己所置身的"现在"，是不得不被搁置在比复旦桥还远的地方，它甚至该像那些万位以上的大数，给扔进遥远的夜空，那么，我的"现在"不是离我越来越远了吗？

不知过了多久以后，我终于找到一个解决的法子：把一九一二年往我的大床床头一放，让它和1、和伏羲氏重叠在同一个起点。于是，袁世凯在床尾，北洋军阀在小得不能再小的客厅，抗日战争占据了整个前院，之后的一切都是"现在"——"现在"在我家门前，触手可及。至于昏庸腐败的清政府，我把它放在烧着煤球炉子的、乌烟瘴气的厨房——厨房后面有条仅容一道臭水沟潺潺流过的巷子，可怕的鬼、慈禧太后、苏联大鼻子都排在那里。

阴影的诞生

在日后你自己学习认识这个世界的过程当中，必然也有你自己的编成方式。从一个你感觉最熟悉、安适、温暖且满足的角落开始，一点一滴向远方伸展。经你匍匐行过的一寸疆土，正是人类知识甚至智慧的广袤领域的一小部分，以及——更重要的——

一个原型和缩影。你所知道的第一组数字、第一部世界起源的说法、第一套有所谓时间或次序轴线的故事，都可能透过你自己的想像力，被你编进一个以你自己的家为舞台的空间。你随时会感觉到这空间小了一点，你会带着胆怯、好奇、忍耐不住的冲动以及无边无际的想像力去拓展新的疆土。

也许，就在你三岁的时候——一如我三岁时所曾经做的那样——发现了自己身体的下半部，一个非常新奇的世界。我只需要用三根手指头轻轻地揉搓那个小东西，不久之后，它就会带给我从来不曾体验过的喜悦，贯彻整个颅腔和胸臆，甚至还偶尔会传达到手指和脚趾的尖端。虽然没有任何人提醒我，我已经非常清楚地知道：这个快乐的游戏将是一个秘密。我可以躺在那张我熟悉的床上，和这个秘密玩一整个上午，在等待着从不爽约的喜悦一次又一次冲击我的身体的时刻，我必然要回忆或想像许多美好的事物：一床晾在窗外院子里迎风微颤的、印染着黄色巨大花朵的小棉被，一只每日午后会从厨房天井的墙旁跳下窗台、踱入屋内、跳上床头、和我嬉戏的虎斑猫，一把我父亲答应要在过年时节买给我的木柄双管气枪，一张印在日本书报上、细节精密繁丽的火车头书片，一盒装在漆有金色大公鸡的铁盒里的苏打饼干，还有——当然还有——在躲猫猫的时候经常紧紧偎在我身旁、在被鬼抓到之前总是和我在黑暗中互相啄吻戏耍的冯小宝。这些——我幼年时代快乐成分的一个纲要，仿佛走马灯一样在我一次又一次演练那只小鸡鸡的时候，佐证了纯粹来自身体的快乐并不虚假。这个快乐的游戏是所有其他快乐的召唤以及总结。它和任何别样的学习、认识和发现最大的不同是：它是我的发明。我无须将之置入数字、历史和故事的行列，它铭印在我之内，一直伴随我到今天。

　　一个及早自己发明这快乐的游戏的孩子可能是幸福的，只要他不被那些污蔑这游戏的字眼和谣言惊吓得自觉罪过。我们这个世纪里大部分受过一点教育的人都难免相信，"手淫"或"自渎"源自于动物本质的性渴望，于是故作开明状地视之为一种正常又健康的发泄，且认为这样总比禁欲来得人道又科学。这是最狗屁的伪善。在尚未发育成熟的幼儿那里，能够制造快乐的器官就是能够制造快乐的器官，且止于是制造快乐的器官而已。幼儿不曾体验性欲，一如他们不曾为秘密包裹禁制，更不曾为突破禁制而饰以伪善的学说一样。

　　在某一个夏日的正午，我和我的小鸡鸡在快乐地玩儿着的时候，我父亲拉开纸拉门，发现了我们的秘密。他回头跟我母亲说："这小孩儿在玩小鸡鸡。"我母亲说："那个能玩儿吗？玩儿坏了你怎么办？"我说："不会啊。"然后我父亲告诉我他自己的经验。他说他以前——还没像我这么小的时候，也喜欢玩小鸡鸡，后来上茅房拉屎，拉完一起身就眼发黑、头发晕，差一点站不住掉进茅坑里淹死。"你可不想淹死在茅坑里吧？"可是那时复华新村的茅坑里已经安上了蹲式的瓷缸马桶，洞口很小，掉不下人去。"可是洞很小耶！"我说。我父亲狠狠瞪了我一眼，说："不许再玩儿了。"关于这一点，我从来没听过他的话。可是我的秘密却在彼时蒙上了禁制的阴影。快乐也是。

一九七〇年秋天，我们住在辽宁街老眷舍的最后几个月，我念一所学费昂贵、课业压力只能以恐怖来形容之的私立初中。我还记得那天不知为了什么缘故提早放学，天光还十分明亮，而且当晚几乎没有太多的作业要写，电视上正播一出名叫《扬州十三侠》的好看的木偶戏，我母亲在后面厨房里炒葱烧牛肉之类的菜肴。那短暂的片刻似乎十分完美，一切快乐的小元素有如一波又一波的小浪潮催促着我："快啊、快啊，就是现在啊！快啊、快啊，就是现在啊！"下一个瞬间我解开裤扣，掏出小鸡鸡，在那张破藤椅里玩起它来。那是很不一样的一次。首先，小鸡鸡看来比以前大了许多。其次，它的周围稀稀疏疏长出前所未见的、柔软如绒毛的胡子。更奇特的是，它后来喷出了灰不灰、白不白、半透明状的液体。我的第一个反应是从报纸上的小广告看来的词：花柳病。

到此为止。纯粹的快乐一去不返。我没有得到什么启蒙，也不算受到过度的惊吓，只隐隐约约能够察觉：童年确实早已从床头行经床尾，穿越小小的客厅，推开屋门，未曾在院中稍作停伫，它甚至以一种比奔跑或飞行还要快的速度从巷子里窜出，消失在空气里。

我不打算在这里向你讲述我日后在小鸡鸡上学到的一切。关于性这个课题，太多人说过它的美好、神圣或邪恶、罪孽，也有太多人认为它纯粹是动物的、本能的、繁殖的、无须引申与演义，更有人认为它是权力和政治的动机或替代物。诸如此类，并不是我能向你解释得清楚的。在这里我只跟你讲述关于一个孩子追求纯粹快乐，且透过这追求去想像各种快乐事物欢聚着的情境。至于性，我想还是留待你来教导我吧——那时或许我已像现在的我父亲，老迈甚至病苦，我想在那样的时刻，我仍旧乐于聆听你那一代的人对小鸡鸡还有什么样出奇变怪的新鲜想像。然而，彼时到来之前，你必然会在我措手不及的时刻问我这样一个艰难的问题："我从哪里来？"这会是一个和排列数字、历史与故事全然不同的问题。

我能答复得毫无阴影吗？

版图与换算式

我幼时狭小的生活空间——一如我提到过的，是我认识这世界的一个隐喻。它有如积木盒盖里头浮浮贴着的那张范例图，指示着幼儿如何将一块一块占空间、有重量的木块儿堆叠成图上所绘示的模样。所以1、2、3、4可以填充在里面，周、秦、汉、魏也可以。

我出生的这个名之为台北的城市亦然。当时大部分的街道也容有一种隐喻式的修辞意旨。比方说，辽宁街。辽宁街一百一十六巷东西横走，走到西旁的尽头，挡在前面那条南北向的黄土石子路就是龙江街。龙江街冲北走下去，又会遇着一条较早拓宽且铺上柏油的马路，长春路。顺着长春路再往西走，就会碰上吉林路、松江路。辽宁、龙江、长春、吉林、松江……它们都是中国东北地方的大城市甚至省份的名称。以之而命名的街道则占据着台北市当时开发范围的东北角，在将近半世纪之前，这样命名街道的意思是在随时提醒行走在此城街道上的人们：我们已经因内战战败而失去的版图仍在我们的脚下。当然，历经近五十年之后，这些街道名称的符号意义有了重大的改变，大版图仍在脚下的隐喻自最初的激励或提醒人们"毋忘故乡"之外，丛生出各种解释态度。首先，都市的发展使原先的东北、西北、东南和西南都变成不同时代阶段和实用功能上的城市中心，都市的地理边缘也逐渐向天然畛域的极限伸展，这使街道名称呼应中国版图的原始构想显得坐标零落且方向错乱，最后，就像人类所曾寄以深刻寓意、丰富喻旨的一切命名一样，失落了意义。

我们那个老复华新村的居民在一九七〇和一九七一年间相继迁出已有二十年屋龄的土墙瓦顶的日式眷舍，搬到城市西南角位在西藏路上的四层楼钢筋混凝土公寓，成为一个新的聚落形式。我则必须每日骑着一辆自己鋈漆的二手脚踏车，横贯整个台北市，一直骑到台北市当时的极东南角——吴兴街底，去念那所昂贵的私立初中。这样上学的前三天，我父亲骑着他那辆脚踏车，走在我的前面，带领我摸索出全新的路径。头一天是个晴朗的好天，我们从西藏地方出发，沿着一条尚未加盖的宽阔沟圳迎向正东初升的旭日，随即来到汀州，绕过一个小小的三角形安全岛，走一小段名为和平的大道，立刻转赴南海。从南海的底端开始，我们的选择多了起来，我父亲说："过了罗斯福再往下，我们可以顺着路向东转，先到潮州，也可以沿着杭州走一段，到金华，也可以一路下去，到信义再右转，通天大路笔直走，很快就到吴兴了。"这是我父亲的语言游戏。大概他觉得骑车压过罗斯福的脑袋，或者游历中国西南到东南半壁的江山是一桩很好玩的事。第二天，他带我走一条不同的路——它其实比头一天简单好走得多：上车出门，走一百米的西藏地方，左转沿中华向北，遇爱国折东，再随便找个路口转进信义，就可以通天大路笔直走了。我问他头一天为什么不这么走？他说还是游山玩水的感觉好，一路中华爱国信义没多大意思。通天大路笔直走当然有好处，我不必亦步亦趋、尾随在后，常可以和我父亲并驾。这是我有生以来第一次感觉到可以同他平起平坐，自然非常得意。也就是在这一天阴后骤雨的清晨，他在脚踏车坐垫上告诉我一个换算式：现在的小学、初中毕业，顶多就是古时候的童子生。念完高中，勉强算个秀才，大学毕业还不如举人出身，拿了硕士、博士恐怕也够不上进士资格，了不起可以称作"同进士"。我说那你呢？他笑了："我就算个'同秀才'罢！"之后，他说起我曾祖父十一岁当管事、十六岁干掌柜、门庭改换，成了生意人家。那说话的口吻似乎有无限喟叹，我猜想他嘴里不屑说教，可满心是个希望我不要辜负"文魁"祖风、不要冤枉骑这么大老远的车上学的意思。接着，天地同悲、风号雨泣，我父亲加把劲儿超前，硕大的躯体替我挡住不少从前方斜飘下来的雨丝，我开始觉得自己绝对不会超越老祖宗的成就，正如我再怎么发育也及不上我父亲的体形一样。

我从哪里来？

倘若你问我："我是从哪里来的？"

我会先假设这是一个生物学方面的问题——当然，它也可以是一个历史的问题、国族的问题甚至哲学的问题。

在这个世界上，绝大多数的孩子可能都这样问过他们的父母。时至今日，坊间也有很多（越来越多）的读物教导父母如何以既不欺骗又不造成情感创伤的方法去答复他们的孩子这一类的问题。我还在幼稚园玩耍的那个阶段里问过我父亲同样的问题，当时（他显然没有参考什么高明的专家的高明建议）他的答复是："从你妈的肚子里出来的。"就像所有的孩子一样，我追问下去："那我是怎样进到妈的肚子里去的？"我父亲说："你妈乱吃东西，吃着吃着就吃进去一只小虫子。小虫子又在那肚子里乱吃东西，吃着吃着就长大了。长大了不出来不行啊！肚子会破啊！没办法儿，只好把你生出来了。"孩子的问题不会因任何答案而满足，它自己会无休无止地发动——其实我不记得当时是否接受了那个小虫子的说法——我继续问："那你是从哪里来的？""我从山东济南府来的。""那妈从哪里来的？""也是从山东济南府来的。"然后，我大约就忘了原先那个"怎么跑进肚子里"的问题。我父亲圆满地将他不能或不便答复的生物学问题转变成一个历史问题。

"我从哪里来？"变成一个历史问题之后，非徒吸引了一个四五岁孩子的注意力，它本身也融合了看起来比个体生物性操作更大、更重的东西，它是血缘的、家庭的、种性的、地理的、国族的以及带有信仰性格的。更深沉的部分是，这个问题对同一语句的哲学命题产生了排斥。人们不得不在一个这样庞然、巨大、重要的大我范围里去思索"我从哪里来？"的时候停伫深入发问的脚步，从而不只一代、两代甚至三代的人不得不在他们认识整个世界的基础上有一个版图以及一套换算式：龙江的西边是松江、吉林……在为这整个首善之区的街道命名之际，命名者首先假设：不知道中国地理的人是应该在台北接受迷路的惩罚的，甚至，不知道"民族、民权、民生"以及"忠、孝、仁、爱、信、义、和、平"这些纲领或德目的人也活该要冒绕冤枉路的危险。或者我们应该把这套设计作善意一些的解释:那些无知或忘记了中国版图(主要是省份及大城市名称)、无知或忘记了中国传统道德的人可以在这个城市里重新学习、认识"我从哪里来?"的课程,以免迷失。如果我们真的因此而不至于迷失,那绝对是因为我们已经有了一个完整的版图、一套固定的换算式,而且拒绝了那个哲学上的"我从哪里来?"的问题。

这个世界上曾经出现过许多伟大的思考者。他们把"我从哪里来?"此一可谓困扰过所有人类的问题当做起点,试图为更多人生中的难题找到解答的方向。可以称之为非常不幸的是,从来没有一位哲学家在这个原初的问题后面提供过令人满意的答案。它的答案既不是"我母亲的子宫",也不是"山东济南府",它的答案可以说多到不可数计,也可以说少到根本没有。因为那答案通常说的不是"哪里",换言之,那答案其实推翻或否定了问题本身。这样说的话,哲学的"我从哪里来?"还有什么可问的呢?

孩子,如果你会这样问我,我的说法平庸无奇:"我从哪里来?"使我们迷失以至于继续提出问题。换言之,它提醒我们:任何一个答案都可能经不起进一步的追问,我们只好继续提出问题,将自己保持在更广大、浩瀚、无垠无涯的迷失之中。

关于迷失,我有这样一个故事:

不会比我父亲告诉我那小虫子的故事晚太久的一个冬天，应该是农历春节前不久，收音机里放着鸣锣击鼓的应景国乐。那一天，我母亲带我到厦门街汪叔叔家去找我父亲。从辽宁街到厦门街，那时得搭十二路公车，先到南京西路圆环，再转搭十三路公车。就在我们等十三路的时候，我母亲问我："咦？我收音机关了没有？"我不记得我是怎么答的，可是我记得：在一九六一年初，一架分期付款买来的真空管收音机在我们那个家庭里却是惟一值钱的宝贝。倘若任它那样开着，耗损的电费既属负担，烧坏了零件，甚至引起火灾则是太划不来的事。我母亲随即做了一个大胆的决定：把我托付给车站旁一爿杂货铺老板娘，她自己再到对街、搭反向的公车回去查看。走前她给我买了一支棒棒糖。

直至今日，我仍不能准确说出她离开了多久。也许一个钟头，也许更久一些。总之，棒棒糖吃完了，我认识了那个烫一篷鸟窝头、满嘴可怕大金牙的老板娘和她的两个小孩，她们教会我有生以来的第一组闽南语对话："你呷崩没？""哇呷罢啊啦。"那两个小孩还带我走进他们那幢又深、又暗，弥漫着刺鼻的海带干、笋干和小鱼干味的楼宅，去看他们的阿公。我从没见过那样老的一个老人。坐在一把厚重的木椅里面，老人像一只塌掉的面粉口袋，皮肤要比汗衫和内裤还来得白一些。那两个小孩轮流用手拍打老人的脑袋，像拍打一个会发出奇特声响的玩具那样——每拍一下，老人就"鸣喔"叫一声。可是除了叫声之外，他可以说就是那椅子的一部分了——他不会动、不会说、口水淌落汗衫也不会擦——最后我也上前拍了他脑袋几下，他照样以几声"呜喔"应我。

又过了不知多久，两个小孩继续带我深入那宅子的后半截。在一小段几乎没有一点光亮的通道里，我闻到酸梅、蜜饯，还有鱼松之类零食的香味。年纪大些的女孩往我怀里挤了挤，随即顺手推开一扇木门，天光大亮，甚至有些刺眼。年纪小的从背后一路把我推出门，转个弯儿，又从另外一个门里进去。同样穿过一段又黑、又长，感觉上几乎走不完而且没有一丁点儿气味的通道。等到我眼前再度明亮灼刺起来的时候，我听见自己惊叫出声，叫声大得吓了我一跳——这里是一家玩具店。所有我玩过的以及更多没看过的玩具都在那里：战士的塑胶头盔、宝剑、可以灌水到握把里去的彩色水枪、鬼头面具、比我的半身还高大的千手观音尪仔仙、铁材制造的火车头，以及一辆我可以坐进去踩板行进的吉普车。

我完全不记得那玩具店里有其他人——尤其是大人——那两个小孩和我玩玩这个又玩玩那个，仿佛我是他们专程请来的客人。而无论我玩什么，都会有一种眼花缭乱的急迫感，好像时间永远不够用，好像我从不曾也再不会有这么快乐的时刻得以随心所欲，可是这快乐里面似乎又隐伏着随时就要结束、消失、永远永远不可再得的恐慌。最后，我驾着那辆小吉普车开到骑楼下，撞见杂货铺的老板娘，还看见她身后的我母亲。在看见我之前，她显然有至少几分钟的时间以为我走失了（甚至遭遇到什么危险），她的脸色很难看，起码看起来不像她。她的嘴唇颤抖，摸我的手也跟着抖起来。"你上哪儿去了？"对我而言，那是重大的一刻。我好像突然被她提醒了一下：曾经有那么一段时间——我短暂的几年生命里的第一次——"失去"了我的父母。稍早的嬉戏、打闹和快乐在转瞬间无踪无影，我扑在我母亲怀里嚎啕大哭了。也就在那转瞬之间，杂货铺和善的妇人、那两个看来亲切又可爱的孩子以及黑暗中那大木椅里又白又瘦的老人突然变得陌生又可怕起来。

故事完了吗？没有。在十三路公车上，我无意间把手伸进夹克口袋，发现里面多了一点儿东西：几颗酸梅、蜜饯和一小盒（平常我们要花五毛钱才买得到的）锡罐鱼松。是那个年纪大些的女孩子在不知什么时刻塞给我的。她当然不会是故意要弄脏我的口袋，但是那几颗沾满了毛球棉屑的零食十分要紧，它们重新为我唤回在惊恐中差一点抛掷净尽的回忆片段：陌生人的善意以及纯粹的快乐。

我迷失了吗？那天。听来好像没有。可是我一再回忆起那几十分钟短暂的、不觉有父亦不觉有母的，充满新鲜、迷惑、无知、好奇甚至有几分可怖的冒险，那是找不到答案的冒险，那是不断提出"这是什么？"、"那又是什么？"的冒险。现在，孩子，让我们回到先前的那个问题：倘若哲学的"我从哪里来？"得不着一个答案，它还有什么值得提出的呢？我还是先前那个平庸无奇的说法：它使我们在迷失中不断提出问题。迷失，这是我给我自己的一项功课，它的用意是：即使答案永不出现，我仍然要换一个方式继续追问下去。同样的，我也希望你在得到一个看来确凿不移、果真就是答案的东西的时候，容有片刻的迷失。那样，我才敢于和你说说我、我父亲、我父亲的父亲……所曾经以为确凿不移的东西。

第四章　传家之宝

　　我曾祖父张润泉在世的那个时代——清道光二十年到光绪十七年，西元一八四〇年到一八九一年，土生土长的山东济南人（以及中国这片广大土地上数以千万乃至亿计的百姓）恐怕还不会用"真理"这两个字来描述他们所信以为是且确凿不移的东西。他们用以衡量"真理"一词的标准是祖训、家规、王法和天道，勉强找一个吻合"真理"的词，大概就是所谓的"天经地义"吧？

　　西元一八五〇年，我高祖父张冠英悄悄换去二进南北屋的两副楹联，四大院原先认为天经地义的事起了内在的变化。对外，张家门儿的德行仍然不离"诗书继世，忠厚传家"，不免"绵世泽莫如为善，振家声还是读书"；对内，没有任何明言正文的家规祖训，可是这个家族的中心信仰有了些许的调整：天经地义的读书为善不能更改，可是套句乡里的土话，叫"二姑娘的轿子——朝后摆一摆（缓一缓）吧。"它的优先性降低了。所以，从我曾祖父那里所传下来的故事就很有些不同的面目和趣味。不过，这得从头说起。

到我这一代上，从张冠英那里传下来的、含有训诫子孙意味的故事只剩下一则。那是由我六大爷手抄在一叠印有"人民武警报社"字样的稿纸上的文言故事。一九八八年四月中，我六大爷在济南老家北屋东侧房的一个五斗柜里翻拣出来，告诉我这是他几十年来第三次抄这篇故事。"不知道怎么回事儿，说是时代进步了，可纸却越做越差。前些年抄的，转眼纸就脆了，跟烧饼皮儿似的。好歹我年前又抄了一回，你拿着去吧。"我六大爷还告诉我，当年"文化大革命"忽地一下子闹起来的时候，他没来得及多抄一些。为了不得不响应的"破四旧"运动，许多老家当，包括多少代传下来的祖宗牌位、张冠英自著的诗文卷集和书抄、张润泉经手四十年的所有账目书契、票券存根、我爷爷和他的几个儿子之间的往返信件、我奶奶的日记、我奶奶的娘家父亲杨谦斋杨举人任广东番禺知县的时候身着顶戴官袍、外加补服玉带的画像……一共收拾出十六大箱的故纸，全数付之一炬。

可是一旦烈焰飘扬，家人又忽觉不忍，我六大爷从熊熊的火光中立刻抢回几把随便什么东西，塞在贴身的衫子里，当场把手背和胸皮烫焦了两大块，过了好些天，他才敢脱衣示人。文件是断简残编地留下来厚足盈握的一大把，却有那么一小块包裹我奶奶的日记的皮子（不知是羊皮还是狐皮）硬生生给烙在肉上，怎么也撕不下来了。我六大爷随即掀起薄袄和棉衫的一角，让我看一眼那鼓突在右胁下的一块枣色燎疤，我摸了它一下："看起来像人皮嘛！""运动一来了，吃不上三顿饱饭，肚子饿起来，就把它给消化了。"说着，他自己嘿嘿大笑起来，笑完又抹抹眼角，道："人说'母子连心'，我和你奶奶是'连肝'。当年你奶奶一笔一回地写，其实不外就是个传之子孙的意思。我们这些做儿子的不孝，没能给她传了，活该烙烙我这肝呗！"

五个世代之前的故事，完整的只剩下一则，我把它先翻译成白话文——像抓住一片在狂风之中飘零不落的灰烬——告诉你。

在灰烬之中

清某帝一朝，扬州地方有个生员王某。此人素性刚正，闻听人说些什么不中礼教的蜚短流长之语，便掩住耳朵，立刻走避。若是见到了什么淫猥不堪的书籍字画，即使明明是他人所有之物，也会立刻抢来烧毁。岁次丙子的某年秋天，王某准备到省城赶考，却苦无路费，向朋友告贷，也没有人肯帮忙。一日，又逢求借遭拒，怅怅然归家途中，不意间看见路边地摊上有几本书。王某取来一看，居然是《金瓶梅》，于是勃然大怒，说："这种伤风败俗的东西也敢公然出售吗？"可是恼怒归恼怒，小贩买卖毕竟也是人家的生计。无可奈何之下，王某只好掏尽随身所有的几百文铜钱将书买下。回到家，又连忙叫妻子帮忙生火烧书。夫妻俩正在撕书投火之际，忽然看见一张纸自书页中飘坠于地；仔细一看，却是某银号的票券，价值一千两白银。王某这才仔细翻拣，发现书里还夹着一封信，原来是某个官吏写给另一个官吏、请求疏通方便的求情文书。那一千两，不消说，正是贿赂。王某大笑说道："这是贪官赃吏的东西，用之何害？"于是从银号中提出那笔款子，便赴省应试去了。

这是一个没有圆满结局的故事，文末只如此写道："谈者（说故事的人）不详其名，不知是科中否也（不知道丙子年的举试，王某是否录取了）？"正因为没有圆满的结局（比方说，王某乡试高中，仕途一路顺风），它就不只是一个单纯的果报故事，而益发有趣了。

我一直很想了解，我的高祖父张冠英写这故事——或者是抄录它——的目的是什么？倘若写它之前已遭遇南山里失田事件，则表示他对先前试图在官场上交际疏通却几乎沦失所有的往事颇有遗憾。那么，写下这则故事就不免有自嘲与自责的意思。倘若这则故事写于张冠英举业已成之后，行贿失田事件之前、抑或是他乡试未第之前，则故事中那损失白银千两的教训显然并没有让他得着深刻的启示。无论如何，这一则在烧书的灰烬之中保存下来的和烧书有关的故事在我的家史上变成了谑笑。我在浏览过这则故事之后跟我六大爷说："这个王某非但抢夺别人的书籍，还侵占他人的财物，简直不是个玩意儿。"他的答复却令我有些意外：
"就是啊！更别提他还烧书呢——唉！《金瓶梅》其实真是本好书啊！"

让我们先假设，故事里的王某是个有血有肉的活人。他是怎么一个活人呢？孩子，这是我向你诉说这则故事的用意——它一定和张冠英的用意很不一样，甚至和最早说这个故事的人（故事里称为"谈者"的那个人）的用意很不一样。我的想法是：王某是一个不肯迷失的人，他永远有一个看来确凿不移、果真不错的答案——一个真理。怀抱着这个真理，他没有迷失的机会，也因而不给别人迷失的机会。这是他为什么会抢夺别人的"淫书淫画"的原因。我们的老祖先在传递真理的时候通常也杜绝了子孙迷失的机会。他们有些时候更会像王某那样，把子孙的"淫书淫画"抢来烧掉，于是，子孙还没来得及了解真理，就先学会了抢书和烧书。如果在抢着和烧着的那一刻，他们感到愉悦，甚至得到了好处（比如说别人的一千两银票之类的利益），就更加不去回想原先那个真理的问题，而只能更相信抢书和烧书是正确的了。这是我六大爷为什么会在"破四旧"的运动狂潮下吓得烧掉那么多传家之宝的真正原因。用他自己的话是这样说的："你不烧它，就等着人家来烧你了呗！"

所以，一切在灰烬之中。

长者估衣

我曾祖父的故事则不在灰烬里。可能很令他的在天之灵意外地，从他猝死在后院的梧桐树下之后，这个家居然没有垮掉，它在我曾祖母——也就是泰安朱家讨回来的小老婆——手上一寸一寸地成形。光绪十七年、西元一八九一年，张润泉入土，他那个在族谱上从未登录过名字的偏房朱氏经其他四院亲长议定扶了正，成为朝阳街张院儿的主母，膝下只得一子，身边有六个下人，肚子里是一部家规和许多故事。后来她活到七十三岁；她四代以下的后人可能只记得她死于对日抗战期间，而她出生的那年太平天国的内乱才刚结束没几年。

从我父亲那里听来的我曾祖母口中的家规可以说琳琅满目、包罗万象。绝大部分——非常奇特地——与做人处事、修身齐家的大道理一点儿关系也没有。我辗转知悉的第一条规矩是这样的："饺子，猪肉馅儿的要和韭菜，牛肉馅儿的要和白菜，羊肉馅儿的要和胡萝卜。"和字读"或"，搅拌之意。另一条是我母亲说的："吃大蒜配生姜、枣子，嘴不臭。"可我母亲自己不那么做，她通常是含一口生茶叶，半天不同人言语。其他，像："煮老猪、老羊，要往锅里扔一小把旧竹篾子须；煮老鹅，须放灶边陈瓦同煮；煮老鸡，赤锡两块，其烂如泥。""猪肝磨碎和瓦粉补锅，烧热而不漏。""洗墨污衣服，须用杏仁，细嚼成渣而擦之。""象牙筷子发黑，即插入芭蕉树中，经宿则洁白如新。"

我曾祖父的故事也是由这位朱氏夫人口传下来，和那些猪肉、瓦片、杏仁糕杂在一起，成为他那一代的警世铭言。其中一个是这么说的：

百顺估衣铺开张三年，大发利市，朝阳街的老宅终得翻修重建。东、西厢房开基那天，正逢族里几个族亲来家走动，都说打后院石板底下流出大门墙外的一道小沟是个好地理，西屋奠基，无论如何得闪下那道沟，不能让泥水填死。我曾祖父打躬称是。一位族亲也说：不过西屋里不能住人，那条沟切深走直，是个决绝孤硬的征候，一旦住了人，必定闹得兄弟阋墙、妯娌不睦。我曾祖父亦打躬称是。另一位族亲又说：小泉沟的水源源不断，主的是"生意兴隆通四海，财源广茂达三江"，是以须加意维护，不可随手倾倒渣滓、堵塞源流，那样家业必败、非败不可。我十九岁的曾祖父依旧打躬称是。

偏在这个时刻，门外进来一个闲人开了口："少掌柜的年轻有为，仪表不凡，看来张家门儿的气象还要胜似往昔的了。"众人一听这口音不是本地人士，倒像是京里来人。此人身长不满四尺，声若洪钟，面如脂桃，一部尺许长的白髯垂过胯下，当时已是仲秋天气，此人却只着一件单衣、薄裤，相貌风神称得上是既清且奇、亦古亦怪。由于是日工匠杂作、往来频繁，前院二进诸门洞开，任谁皆可自便出入，我曾祖父亦不以为意，向那人作了一揖，应付两声多谢，原以为如此已不失礼了，孰料那人又接着道："少掌柜的貌似恭顺，内实刚愎。改换门庭固然鸿图大展，可自兹而后，读书岂不成了个门面服饰？怕只怕二三代以下，承此身教家风，儿孙们倒是苛薄市侩有余、温柔敦厚不足了。"一番话说了来，众族亲只能面面相觑，嚅嚅以对。我曾祖父自幼在商场历练，阅人多矣，情知来者必有所教，或有所求，当下又是一揖，道："秋晚风大，诸位亲长何不同到里屋说话？"众族亲大约颇觉无趣，登时托辞有事，纷纷散了。只这老者拊髯迈步，大摇大摆进了里屋。主客分别坐定之后，我曾祖父还给看了一盏茶，两人寒暄半天，老者并无只字片语的教训。洗盏更茶，直至夜暗，老者却也没有离去的意思。我曾祖父既不能贸然留客在家与寡母同桌用饭，又不能怫然将之逐出门去。正为难间，见老者衣裳单薄，忽而心生一计，道："天晚风急，您老人家穿得又实在太少，这样吧，我差人到铺里去挑些衣物，送您老登程。"老者哈哈一笑，道："倒是有几分聪明！有何不可的呢？"片刻之后，铺里的伙计同家人一道进屋——两人果然挑回一箱各式各样的长短衣服。老者倒是一点儿也不客气，虾腰就抓，抓到眼前还摩挲两下、闻嗅一番，挑拣得中意了，即刻穿披在身。即是这般光景，也折腾了将近半个时辰。结果他一共穿了七件上衣、两条长裤。奇的是，那两条他中意的袄裤都是女服；更奇的是，这么些衣物加身，老者却丝毫不见臃肿肥胖，依旧清癯瘦削、灵动自如。一切穿着停当，他老人家还顺手拈了顶呢料的西洋毡帽，拿在手上正要戴，忽一皱眉，随即将帽子往茶盏里磕了两下，不意却磕出半盏有余白晶细亮如粉屑、如砂砾的物事。老者这时却不磨蹭了，盘起辫子，戴上呢帽，朝我曾祖父一拱手："润泉老弟！那么告辞啦！"我曾祖父给他这一折腾，也失了问讯求教的兴致，只勉强打起精神，执礼相送，直到大门口。那老者这才回身，低声嘱咐了几句："润泉老弟毕竟还不是个实心市侩，或者这还须是你张家门儿里祖宗的积荫、子孙的福分儿。不过，读书终归是正理。你看我这一身穿戴，哪里像个读书人呢？"

我曾祖父一时没听得太明白，尤其后首两句：老者那一身穿戴，与子孙读书求功名又有何干？还有，呢帽子里磕出来那些物事又是什么呢？这第二桩倒易解。一个胆儿大的婆子下手探指沾了些许入口一尝，立即喊道："是盐！爷。"可是疑惑并未全解。直到三天以后，账房里问起，当天送出去的衣物要不要入账？要入该怎么个入法儿？我曾祖父沉吟半晌，忽有所悟，急问道："可有清单？""有的，送衣服去的伙计是个仔细人……""快拿来我看！"清单来了，上写：湖绿色绣寿字府绸衫一件、牙色绣福字府绸衫一件、青色棉夹袄一件（里子无）、玄色寿衣一件——

"怎么还有寿衣？"

"咱们铺里啥没有哇？爷！"账房道，"但看什么人穿呗！"

清单上接着列的是：白色麻布夏衫一件、灰色丝袄一件、紫色旗丁短布罩袍一件。以及花色绸布女裤一条、又一条。洋呢帽一丁（顶）。

　　显然，那老者穿衣非但不讲究，而且不分寒暖内外，可以说是胡披乱套的。然而，他不是还精挑细拣了好一阵子才捣饰满意的么？这样穿着想来和"哪里像个读书人"的言语有些什么关系——不过，终我曾祖父一生都没有猜出其中的机关。这段经历，他一再同我曾祖母朱氏反复研商，直到过世为止。至于我曾祖母，则是一直到一九四一年——甚至就是她过世的那一天——才悟出来。她当时已经卧病在床，不能起身走动。就在上午出现日食之际，她忽地凄声惨叫，把我奶奶喊到床头，使劲儿抠住媳妇儿的手腕骨，低声嘱咐道："洋呢帽子就是你当家的，他是盐务上发家的不是俺？两件绸衫是汉京和蔚京这两个没出息的纨袴。夹袄没里子是个单薄的意思，我看就要应在荟京这一房了。萃京死得早，合该是那件寿衣的主儿。万京——老五是万京是俺？万京怕要出远门儿上南方去。灰丝袄是老六同京，挡得了风，抵不住雨，怕要穷灾病苦的一辈子。要紧的是小启京，你千千万万记得嘱咐他，可别投了军去。有道是：'好男不当兵，好铁不打钉'，是俺？底下那俩丫头，嘻！"我曾祖母没往下说，意思仿佛是全然没了指望。

　　从较短程的世事推移看去，我曾祖母及身所见的事无一不应验了那老者从头到脚的一身穿戴，可是，她老人家做梦也不会料到，张家自张润泉以下三代，只有那"俩丫头"完成了大学教育，一生读书、教书。她们分别是张兰京、张蒾京，我的大姑、二姑，我通常叫大姑"兰姑"、叫二姑"小爸爸"。至于我父亲——应在那件旗丁短布罩袍上的张启京——则的确从了军，却从来没有上过一天战场，打过一发子弹。

对我曾祖父来说，与那个神秘古怪的老者一番交接所代表的，只是他原先早就秉承的祖训和家规里不可或缺的一小部分：敬老、尊长、施恩、济贫、不望回报，还有——最重要的——上了当别吭气，还得安慰自己：吃亏就是占便宜。有趣的不是到头来究竟占了便宜没有，而是为什么会吃亏？很简单，因为不容让人看穿咱们改换门庭、不再是书香门第了，不容教人说咱们的子孙不读书了。为什么不容？因为一旦如此，咱们不是不遵祖训了吗？

外戚活诸葛的训诲

一个祖上有过功名、大门口挂着联语、处处对外表示读书为善的人家却只有一个不得不继承估衣铺的儿子，该怎样恪遵祖训呢？我曾祖母面对了一项艰巨且耗时漫长的任务。她听说过也目睹过太多在大家庭中遭到排挤、倾轧以至于被迫放弃家业的孤儿寡母的故事，要免于成为那些故事里的角色、沦落到无家可依的结局，可不是知道猪肉怎么烧得烂或者象牙筷怎么刷得白这一类琐碎的小常识能够应付得了的。于是，清光绪十八年、西元一八九二年新正初一，她特别接见了泰安娘家来的一位老秀才朱喜臣，字贺之，又字明经，号参卿。在泰安，地方上皆尊称他一声"卿老太爷"。卿老太爷当时已经六十二岁了，从未成就过举业，可是却有个"活诸葛"的外号。因为他仗着家中薄有几百亩田产，可以不事营生，终日研究古往今来的各种学问，甚至还通两三种洋夷文字。乡人事无大小，尝求之问明决疑。

　　据说有那么一回，西南边菏泽地方窜来一标散匪，掳去当地首富吴某的长孙，家下登时慌了手脚，想报官，怕撕票，想付赎，又舍不得。有人想起卿老太爷来。是时卿老太爷已经五十五六，依然腰脚顽健、精神矍铄，当场一拍胸脯，回头入屋收拾了一个小蓝布包儿，随即出门，只身入山赴匪。两个时辰之后，吴家小儿给带回来了，一老一小毫发未伤。众人争问缘故，卿老太爷只说了声："不外是晓以大义罢了。"此外并无余言。可是日久之后，倒从吴家小儿那里传出了底细——他说得不大详尽，乡人却得据以推想当日情景——那小儿说："卿老太爷走了来，同带头的两人咬耳朵说话，正说着，卿老太爷手里放了两个爆仗，就把带头的撂倒了，其余的人也散了。"之后的传言更神奇，说卿老太爷手上的枪是他自己依照德国人传进来的图样打造的。只有一个短处：那枪管子只能放两响，两响之后，就会像泄了汤儿的鸡巴一样软似泥了。

卿老太爷不是一个人来，身边还带着个八九岁大的孩子。一进门坐定，什么旁的废话都没有，直道："要发家得让宗周成一门好亲，要成一门好亲得这孩子自个儿先叫人看着有出息，要叫人看着有出息得进学，这进学嘛——如今举业可说是'道阻且长'啊，而且也没有一二十年好光景了。依我看，不如上新式学堂。上新学堂学什么哩？还是依我看的话，就学'法政'。"他老人家这一口气说下来，我曾祖母越听越糊涂，正待问，卿老太爷又开口了："要问什么是'法政'哩？依我看，就是做'幕'的学问，说明白了，了不起就是个师爷，替上官作作案首。如今天下的地方父母哪个还有闲工夫访贤求才、寻隐征逸啊？幕下要找人、用人，干脆上新学堂找去，就好比咱吃烂锅子面——一舀一大勺子。言而总之哩，依我看，就把孩子送进法政学堂，不三五年，笔底下也过得去了，眼底下也看得远了。要是遇上个官运亨通的主子，富贵是不求而自来啊！"

"不求自来的富贵"——既守住了矜持，又得着了实惠，完全吻合张家门儿的天经地义，这话着实打中了我曾祖母的要害。她勉力记住"法政学校"这个名堂，连连点头，正待道谢，卿老太爷又说话了："不忙！我听说宗周才六七岁，等他学业上小有所成，也还得八九年。这样吧，我荐个人儿给太太，您能用则用，不能用亦无妨。"说着，把身后那孩子给拉上前一步，道："叫奶奶。"那孩子依言叫了，还给磕了个头。

"也是咱本家孩子，叫朱宣。伶俐是十分伶俐，跟着我识了些字，也学了些手艺，看门、扫地、做饭、烧烟都可以的。有他跟着，太太可以省不少心思。成！太太要是没旁的事儿，老头子可要走咧！"说罢，拱手一揖，起身便走。不过走了几步却停下来，回头望一眼朱宣，叹口长气，道："这孩子福薄。太太日后家兴业旺了，但盼早日给他讨房媳妇，传下一脉血胤，也就不枉了。"言讫便扬长而去，从此没再进过张家大门。据说，他老人家出门之际，几上那盏茶还是滚烫滚烫的。

朱宣，另一个缠附在祖训中近乎传奇的名字。我曾祖母不久之后发现，他不只是个应门童子，仅能洒扫庭除、使内外整洁而已；他有个过目不忘的本事，所以是极好的看账、对货、记事、采买、收租以及一切和用脑子有关事务的长才。有一回在灶下，一个婆子大约是偷吃羊肉被人撞见，便急忙捧起一碗绿豆汁儿灌下，不料随即腹胀如鼓，好似有孕了一般，人却疼得在地上直打滚儿。众人围观，哭笑不得，可谁也没主意。朱宣来了，问明就里，当下抄起砧板上的一只羊骨，盛在铁盆里入灶烧了。一面又抓起一把韭菜、一把芫荽，捣成汁，送火煎成一小盅。再将烧脆的羊骨磨成灰倒进盅里，给那婆子服下。说也甚奇，那骨菜汁才下肚，婆子的鼓腹立时消了，人也精神起来。朱宣由此得了个诨号，家里人都唤他"小华佗"。二十世纪的第一个立春，光绪二十六年，我曾祖母依约为朱宣完婚成家，还在西门外给觅了个店面，让他主持百顺估衣铺的分号。直到宣统二年的一个冬夜，朱宣忽然夜访朝阳街。一如十八年前卿老太爷一般，手里牵着个孩子，八九岁模样，进门之后待不足一盏热茶的工夫便独自离去。那孩子叫朱成，也就是日后替张家干了三十年厨子的朱伙计。至于朱宣本人呢？据我曾祖母私下告诉我奶奶，他交代了银货账目、赍发了妻子，一个人到南方参加革命去了。（关于他日后被开膛破肚、挖心剖肝的事迹，我曾写在一个题名为《蛤蟆王》的短篇小说里。）

倒是咱们张家的人，从来不曾那样勇敢过、壮烈过。顶多算上我五大爷张万京，他在民国二三十年代曾壮游中国南方，足迹遍历上海、苏杭、南京、武汉和广州等地，是个满脑子新派语言、新派思想和新派希望的年轻人，前十年最苦恼的就是没赶上和朱宣一起去搞革命，后半生最苦恼的则是怎么也想不起前半生的事儿来了。据说那是因为他从小到老走路老摔跤的缘故。

传家之宝

我父亲摔了一跤的那天晚上，正值丙子年除夕，西元一九九七年二月六日。救护车第一次前来接人的时候，我母亲仍不肯让他进医院。她的说法是："没那么严重啦，不过就是喝醉了、一摊泥了，睡一觉赶明天就好了。"我父亲则眼角含着泪，对她说："兰英！我对不起你。"这是我四十年来第一次听他喊她的名字，且语气间颇有诀别的意思。我央求他尽力动弹一下手指头和脚指头，即使如此轻微的动作，于他而言亦犹之扛千钧鼎。他转过头来对我说："我大概是要死了。可也想不起要跟你交代些什么，你说糟糕不糟糕？"此后直到救护车第二度前来，他只能骨碌碌转动着眼珠子。我看见那两泡泪水逐渐干涸在鱼尾纹之间，偶尔闪映一点灯光，终至全然泯灭。他始终没想起该交代我些什么话。之后不多一会儿，我们在阒暗的、间歇掠来红色顶灯光影的救护车里谛听着警示笛和沿街夹道的爆竹声响。我看他一眼，与他四目相接，他立刻避开了——好像避开一束严峻且带有惩治意味的目光——瑟瑟缩缩地说："我还在想，可就是想不起来，你说糟糕不糟糕！"

假设自己的生命已如燃烛之末，随时即将结束、寂灭，这是我父亲病后的一个总的思考轮廓。他随时努力想着，该如何把他承袭自老祖宗的生命智慧、生活体验或者生存之道，用最精要的语言传达给我？每一次不是欲言又止，即是词不达意。仿佛他这一生所体悟的真理无论怎么凝缩、提炼，都无法以一篇演讲或几句偈语予以囊括概论。最后，我想他是放弃了。他在入院的第六天开始交代我如何辨识他使用了十几年的一本小册子。里头尽是些单字密码和数字，如"启"、"荆"、"春"、"86022115070"……春字是我；启字当然是我父亲在大陆时期用的名字；荆，荆人、拙荆，妻也——显然是我母亲。数字则包括日期、存款账号、存单流水号码、保险箱密码、箱号、金额等。我翻看几页，半猜测、半推理，可以说已经了然于胸了，但是我宁可让他口传一遍、又一遍，因为医生们认为这样可以帮助他用脑。终于他交代得烦了，叹口气，说："我们家几代管账的脑子都好，这是家传的，怎么到你就不灵了呢？怪哉怪哉！"

从那一刻起，除了教会我如何运用宽减额、扣除额，如何申报所得税之外，他再也没提起过要交代什么事情。我时常静静地坐在病房床头的那张沙发上，看几眼窗外正努力吐芽放蕊的树枝和花苞，默想过去四十年来我对这老人的生命有过多少垦掘和理解，当我再转回头望见他闭目愁思的时候，便一而再再而三地想到：我从来没有真正试图深入他那个"家传的好脑子"里一探究竟；即使有，加起来也不会比一片叶子、一瓣花短促的风中生命长多少——现在我在用加减法了！

然而在那样望着他的时候，我更常会想到的是你。那时你还只存在于我的幻想之中，没有材质、没有形体、没有重量、不占据这世界的任何一小部分。我也还没想到要和你说这么些话。此外，那段期间经常浮现在我脑中的反而——非常怪异的——是我曾经在一部小说里描写到一个邪恶角色的片段。那是一个贪婪、狡猾、阴险又纵欲的恶徒，曾经为了掩饰自己的罪行，顺便打击和他有利益冲突的犯罪集团而设下毒计，让那个犯罪集团谋杀了一个正直但鲁莽的上校。我不时想起的片段在描写这恶徒的肉体（而非脑、精神或意识），我为那纯粹物质性的肉体虚拟了一个它自己的知觉（而非恶徒的）。我如此写道："这具身体知道它快要玩儿完了，它的情欲需求将无法再获得满足，它将不再繁衍它承继自千万代先祖的骨血，它会是一缕蔓生过百万年岁月的命脉的终结。它是最后一人……什么也留不下来。"

倘若说得浅白些，这不过就是一句中国人最常用的四字国骂："绝子绝孙"。可是，那短短的几行文字本身要比它肤浅地诅咒恶徒的作者所想表达的原始愤怒深刻多了。我写过它之后才发现，一个此刻还活在这世上的生命是经过了千万代先祖、百万年岁月，其间历经多少天灾、战祸、饥饿、杀戮或意外而残存下来的命脉，这里面必然有它荒谬却庄严的意义。在凭空幻想着自己有个孩子的时日里（无论那时日已有多么长久），我是不可能得知这个意义的。我只能从我父亲慨叹他家传的好脑子及身而止时抱以歉疚的微笑，我甚至不能体会他的懊恼。一个"延续"、"承袭"的装置不灵了。

某个父子相对无言的午后，那位我曾告诉过你的好女人皮打电话来，表示不能到医院来探视我父亲，因为她和孩子以及孩子的父亲将有远行。（那个叫陆宽的孩子我也曾向你介绍过，他后来莫名其妙地说要"住进一个没有命运也没有浴缸的房子"。）我道谢之后挂上电话，马上想起皮和她的丈夫——我们称之为天行者陆客的一个科学怪人。原先，这对夫妻一直不愿意生养小孩，直到皮的父亲因胰脏癌过世，他们才决定"拥有一个传家之宝"，那样似乎从死亡手中夺回了一部分的生命。

我对这样突如其来的、延续、承袭生命的迫切需要及其顿悟过程始终未能真正洞悉与了解。但是太多这样的事例似乎不停地在劝说我——其中最简单、也最寻常的一个说法是："让你爸爸抱个孙子。他一高兴，说不定就站起来了。"我没有立刻那样做。因为我还在迟疑、彷徨、迷惑。延续、承袭一缕即使艰难穿越百万年的命脉，也该在抚慰逝者或治疗生者之外，拥有它自己的"荒谬却庄严的意义"吧？此一意义设若是这新生命所自有，又何必由我来赋予呢？即使由我赋予，我又如何可以认为这意义是一真理、是一天经地义呢？

那天晚上，当月光还没有涉足窗前之际，夜色已全然淹覆病房。我从灯罩、床架、玻璃杯和金属橱柜上的微弱反光里看不清任何实物，只能想像它们存在着，我父亲显然（像他一再告诉我的）正从天花板的几何花纹中窥见奔驰于滚滚风沙之中的千军万马，然后沉沉睡着，偶然抽搐两下他的右腿，或者左腿。我继续与为什么要赋予你生命意义的这个议题作语言搏斗——有一度，我甚至决然认为：应该让你永永远远成为我想像中的孩子。我不要你既承受也成为人生各种苦难的一部分，且想不出所以然，却已经糊里糊涂让下一个生命又延续、承袭了我们误以为是的真理或者天经地义。然而在另一方面，倘若你永永远远只是我想像中的孩子，是不是又只能证明我无能承担一个真实生命的到来，却以找不到思考上的意义为借口，甚至还要以"非你所欲"为借口呢？这一切夹缠纷扰的疑惑是不是因为我从来不曾真正认识我自己的父亲，甚至作为一个父亲的我自己呢？

就在那天夜里，我决定写这本书。当月光完全辗过病房之后，我父亲惊醒过来。我替他翻了个身，见他仍不安稳，只好随口编派点话逗他——我是一半正经、一半玩笑地问着：

"你看我是先让你抱个孙子呢，还是先写一本儿关于你的书呢？"

老人睁开因糖尿病而对不大正的两颗眼珠子，看着我，又垂下脸埋在枕头里，闷声说道："我看啊——你还是先帮我把尿袋倒一家伙吧！"

在那一瞬间，对那样一具病体而言，最确凿不移的真理、最值得重视的天经地义，既非创造宇宙继起之生命，亦非书于简帛藏之名山公诸后世，而是当下鼓胀的膀胱。质言之，没有任何事、物、言语是其他事、物、言语的真理和天经地义。它只是它自己的。也无论承袭、延续了什么，每一个生命必然是它自己的终结，是它自己的最后一人，这恐怕正是它荒谬却庄严的部分。

第五章　书写的人

　　天行者陆客、皮，还有后来加入他们的小孩陆宽，这一家子很可能是你出生之后最早接触的另一个家庭。我几乎已经能够清楚地看见那景象：你的母亲和我以及他们三个一齐站在育婴室的玻璃窗前望着你。陆宽的额头、鼻尖和手还会在玻璃上留下清晰又温暖的印痕。也许我们都会。然后，医院的清洁工就会走过来，往玻璃上喷点清洁剂、擦拭明亮。可是如果我们站得够久，便还是会留下一些指指点点的、带着渴望和拥抱意味的痕迹。

　　生命一旦启动，就会随时留下一点儿痕迹。一阵使瓶花轻微震颤的哭声、一块逐渐在床单上降温的尿渍、一件沾染了食余污彩的围兜、一句不合文法却饶富诗意的儿语、一张用唇膏和色笔信手涂画的纸、一颗久经摇撼终于脱落的小小门牙、一块趁人不注意时抹在桌椅下面的鼻屎、一本给订正了不少错别字的作文簿、一个悄悄刻在某棵树干上的秘密的名字、一封撕了又写写了又撕终于寄出却遭退回的情书、一篇为了纪念失踪的宠物而含泪写下的追悼文字——让我们在情书和悼文上头停顿片刻，这里有我和一个漫长的告别之间紧密的联系。也是这个联系将天行者陆客他们一家子带到那面我想像中的玻璃窗前，看你。

温暖

一九七三年秋，全球石油危机不算什么，国际姑息主义的低荡（détente）气候也没什么了不起，越战好像打不下去了，一个叫基辛格的家伙当上了美国国务卿，孙中山先生的孙子死了，台湾多了一个曾文水库，还有一百零四个生平第一次搭火车、或者是生平第一次到台北的阿公阿婆跑来参观"总统"府、电视公司、故宫博物院、孙中山纪念馆和百货公司。我十六岁，叫十七岁，觉得这世界很可笑但是一点也不有趣。如果地心引力突然消失致使万物疾速从地表脱落并纷然飞向宇宙的尽头也没什么好可惜的。真正令人懊恼的是我长了一脸的青春痘，并且从二〇一班的信箱里收到一封我自己写的信。信封是那个女孩写的，她读了我的情书之后用红笔胡乱圈点一阵，并且极尽嘲诮之能事地夹注、眉批，最后对我邀请她到"东南亚"看《西城故事》的诚意报以不能再轻蔑的答复：她寄给我二十块钱，其中一张钞票上写着"请自便"

三字。在我们那个年代，"请自便"另有"请自行料理大小便"的意思。一个他妈的不会被甜言蜜语款款深情打动的女学生。

我坐在教室门廊外的水泥阶上，看那个一百八十好几公分高的前排球名将、体育老师、帅极了的家伙走过，确乎体会到人们发明自卑这个词是非常有道理的，没有别的词可以如此精准、周延地充塞在我的每一个细胞里，而且充胀得如此饱满。就在这个时候，隔壁二〇二班没事会跑来和我一起吃便当的矮子陆经来了，他手上捏着一叠纸，眼眶发红，红眶外头则是一圈青黑。

"你怎么了？"他先发难，"哭啦？"

"你才哭了咧。"我低下头。

"哭又怎样？"才说着，鼻子噗嗤一响，他果真哭了起来，接着就"干他妈的"干了一大串。干完继续哭，哭到让我觉得已经会把走廊上所有的人引来的时候，上课钟及时前来解围，驱散了几个好事的。我们则一言不发地决定跷掉这一堂课。我被一个不知好歹的马子甩了，当然有权利用一节数学课来从事哲学问题的思考。他呢？他已经一整夜不曾合眼、三顿饭不曾入口，趴在家里和学校的两张书桌上振笔疾书，写下洋洋二十二张大白纸的追悼文字，记录着他和最疼爱的"小鬼"如何初识、缔交、相处、共同生活以及彼此如何灵犀相通的诸般细节。"小鬼"是一只在圆通寺山上捡来的黑色山羊，于前一日午后某刻失踪。关于"小鬼"的一切，其实我已知之甚详，因为陆经几乎每天中午来我们教室吃便当的时候都会巨细靡遗地报告，他和他的兄弟们如何如何和一只羊建立深厚友谊的点点滴滴。"小鬼"，就某种意义而言，已经是我们那个教室的角落里大家共同养的一只羊了。在同感伤痛之余，我只好拿自己悲惨的遭遇当话题，好让他知道，他不是这世界上惟一顿失所爱的人。可是这矮子立刻纠正我："你这个不是爱，是迷恋。"很好。我的爱情受创，可是学会了一个英文单字：infatuation。

"我们两个，你觉得谁比较——"我顿了一下，收回"可怜"那个字眼，我说的是，"倒霉。"

陆经的答复是："我觉得你比较可怜。"

那天我们跷掉下午的整整四堂课。在那段时间里，我读了他的悼文，他读了我的情书。我告诉他那马子长得正极了，还有两个非常有个性的奶子；他则告诉我"小鬼"有一双诗人或哲学家才有的眼睛。我强调迷恋没什么不好，迷恋就像打手枪一样是自我专注的极致；他却认为人和动物之间的爱情因为没有语言的污染才纯洁又高贵。我们都为了延续一场对话而说了太多我们其实并不真正懂得的道理，因为寂寞的缘故。在我们长达十一年的友谊之中，那是弥足珍贵的一个下午。如果我们还有机会询问彼此对那天下午的记忆和感觉，我相信我们都会这样形容它："啊！很温暖。"

刺伤

　　许多青春期订交结盟的友谊会使人在年事稍长之后以互相交换陈旧回忆的方式抚慰人们各自在生命中遭遇到的种种创伤或失落，所谓相濡以沫、相忘于江湖。回忆使回忆者当下的现实显得不再那样沉重，也使逝去的现实显得轻盈许多。比方说，现在我每每忍不住和天行者陆客提起当年我和陆经必须通过七次数学补考才得以从高中毕业的往事，总会笑出眼泪。可是，一九七五年春天的情景却一点儿也不好笑。

　　我们两个班共同的数学老师"狗熊"把陆经和我叫到办公室，告诉我们，即使是一科零分也是没有毕业证书的，而全校今年会因为一科零分而毕不了业的只有两个。"你们知道是哪两个吗？"我们当然知道，可是其中一个点了头，另一个摇了头。"狗熊"拿起一叠考卷砸了摇头的那个头（这一点颇有争议，因为在日后的回忆里，陆经和我对当时谁挨了打从来没有一致的看法），然后他告诉我们，为了再给我们一次机会，他会把第六次补考剩下的空白试卷发给我们，我们只要能解出任何一题，就算及格了。结果我解出了第四题，四阶行列式展开求值。陆经解出了第七题的不知道什么东西。我们毕了业，考上同一所大学，有近三年的时间住在同一间寝室里，再也没碰过数学，但是经常会从同样的噩梦之中惊醒：我们又要补考了。

噩梦居然真的扑到现实之中是六年以后的事。在此之前，我窝在中文系拼奖学金，他则在大众传播系的正课之外，以一种令人羡妒不已的捷才掠习着日文、西班牙文和法文。我们经常在宿舍里玩的一种游戏是这样的：陆经随手翻开一本我架上的古文书，随手指一个字，我必须说出那个字的造字原则、声韵结构和训诂变化；他则必须用英文、西班牙文以及日文（或法文）等至少三种语文把那个字翻译出来。很难说这个游戏会让我们各自的专业学养更扎实，因为有些时候为了争胜的缘故，我们会胡乱编派和发明，直到自暴颠倒矛盾，或者是被对方大胆揭穿为止——比较起来，我常是为了争胜而胡说八道的那一个。

　　这个语文游戏时而是出于某种潜意识的嫉妒的排挤手段。我们所排挤的对象是同住在一间寝室里，与我们其实无比亲密的光光。光光是一个高大俊秀的男子，正直、善良且讲义气，是那种你每次读到校园爱情小说里的白马王子的时候都会想起来的人物。在整个大学生活三人同出同入的日子里，我和陆经从来没有把光光想像成除了"高大俊秀正直善良讲义气白马王子"之外其他什么具有深刻内在的角色。直到许多年以后，光光坐在我的对面，和我一起回忆当时的种种，我才第一次面对年少的自己曾如何借由知识来发动一场残戮友谊的战争——我和陆经其实都恐惧着像光光这样有吸引力的人会取代自己、独占对方温暖的友谊，于是我们有意无意地设计了种种配备精良的知识武器，躲在你来我往的语文弹幕下演练着我们的嫉妒，从而我们可以将光光彻底摒除在外、在远方。光光那样与我重述往事的时候，方才历尽艰辛、取得学位、在我们这个小小的文化圈初露其边缘战斗者的头角。但是他的表情却充满哀矜，了无斗意。这使我益发相信，我和陆经早已刺伤了他的青春；我也因而益发没有忏悔和道歉的勇气。此后，我和光光仅能以一种平淡、偶然且小心翼翼的方式互相往还。又过了许多年，直到一九九七年二月六日、除夕，父母已相继过世的光光忽然出现。对我的父亲和母亲而言，此景犹如历史重演——在将近二十年前，陆经和光光也经常是这样大呼小叫地进门讨东西吃——近二十年后的这顿年夜饭上，我父亲重新说起陆经的往事，有如在想念他自己分别已久的儿子。

事件报告

重新想起陆经，总不免要从一九八一年初的那个扑进现实里来的噩梦说起。

当时我在辅大国文系的本校念硕士班，光光则先放弃了已经录取的淡江外交研究所入学资格，正数着馒头等退伍。陆经的德文已经能够读、听、说、写，同时在政大新闻所读一些用他的牙塔话来说叫"方法"的东西，其中居然还有牵涉到微积分的统计学。有一次他拿了两张誊写在金山牌六百字稿纸上的作文给我看，其中一篇的题目是"给美国总统的一封信"，另一篇是"论尊师重道"。出这种垃圾题目给研究生写小学生作文的浑蛋是他的新闻写作课教授、当时"中央日报"的董事长、国民党中常委、"国之大老"曹圣芬。曹大老出了这种下三滥的题目不说，还给了陆经下三滥的分数：丙。因为他无法同意陆经在这两篇作文里所透露的政治观点和思想倾向。我强行把这两篇作文收藏起来，准备留待我们年老之后当玩笑开。不料就在那个学期结束之后，陆经接到了退学通知。退学原因是曹大老撒了一个更加下三滥的弥天大谎，他诬称陆经"从未到校上课，且从未缴交该科指定作业，是以该科以零分计算"。然而，除了我强行收藏的两篇笑柄之外，陆经从未保留其他的下三滥命题作文。此外，即使陆经的同班同学愿意作证陆经并未缺课，曹大老仍旧悍然不予承认，并且涎脸表示：两篇就两篇，仍未达留校标准。陆经给踢出了校园；我则把整个事件写成一篇名为《新闻锁》的小说，分上下两部刊登在编者未知详情的《联合报副刊》上。首日部分刊出之后，愤怒的曹大老亲电《联合报》施加强大的压力，害得编辑不得不临时在次日的文末附上"远处香港海湾的渔火点点"之类的赘语。但是这一切都无法挽回既成的事实——一个年轻学子的命运全然改变——陆经不得不在那个碧草如茵的春天带着几本外语辞典前去当兵，退伍后转赴新大陆打工并试图重建他对学院精神的小小信仰。一九八五年九月二十八日、古历八月十五日中秋节，俄亥俄州哥伦布城一辆驶过小熊超级商店停车场出口而未减速的卡车撞上了陆经的破脚踏车。在历经十五个小时的抢救无效之后，我的朋友过世，享年二十八岁，遗体在他的大哥天行者陆客的签署许可下捐出一切器官——包括一对肾脏、一副肝脏和两个眼角膜。倘若并无其他意外事件，由那一对角膜所点亮的眼睛，还在某处以及另一处观看着这个世界。带着回忆的情调。

来不及的和永远失去的

是的。回忆使回忆者当下的现实显得不再那样沉重，也使逝去的现实显得轻盈许多。无论多么深的挫折、刺痛和伤害，在留待回忆重述的时候，都会使那消逝在时间里的当下失去一点点重量。我们回忆、我们叹息，我们回忆、我们嗤笑，我们回忆、我们斥骂，我们回忆、我们轻嘲。尽管我们无比努力地试着不去修改任何一丝的细节，仍无法索回那一点点失去的重量。所以最后我们都无奈地笑起来，而且笑得一点儿都不勉强，笑得如此顺其自然。我们会这样说："你记得吗？那一年……""我还记得有一次""我怎么会不记得？……"

我父亲喝了一大杯之后说他怎么会不记得那一年陆经从军中

休假回台北，到家里来喝酒的那件事。

那件事原本只是一则笑话。陆经在同一张饭桌上向我们这一伙老同学以及在座的我父亲说："部队里发给我们每个人一本日记簿，在封面里的地方印了一分二、二分四、四分八的线条，线条下面还有个空白的、正好可以填写一个名字的框框。"陆经转过头来问惟一还没当过兵的我，"你知道那是什么吗？"

那是家谱。部队里要求每一名官士兵生都要照实填写，而且要尽其所能追本溯源。陆经先在这页谱表的最下方填上他自己以及三个兄弟的名字，再往上一栏填入父母亲的名字。祖父母和外祖父母以上他一无所知，开始捏造。再往上几代，他写下了"拓跋某"，并且认真说服部队里的长官，他是鲜卑族的后裔。最后，在谱表的最上方，他画了一条五爪飞龙，龙的前两爪上还抓着两样东西：一爪抓的是"青蜂飞弹"，一爪抓的是"三民主义"。那是一九八二年初一个春寒料峭的夜晚，当所有的人的哄笑声刚刚沸腾起来的时候，我们同时听到个高粱酒瓶重击桌面的声音，一切喧嚣倏忽冻结；我父亲由低吼而怒叫道："混账东西！没有三民主义，你们能坐在这里喝酒吗？嗄？"欢聚不得不草草收场。虽然我们一再向他道歉，可是喝醉了酒、尊严又受到践踏的人总会加倍坚持。他不停地说："你们不是真心认错的！你们根本不信三民主义！"他说得很对。之后，残局只好交给因迟到而逃过炮火、并深受我父亲喜爱的光光收拾。我既羞惭又愤怒地夺门而出，送其他的同学离去，发誓再也不带朋友回来和这老头喝酒了。陆经则低声说："张伯伯没错，他也不会改变。那是他的信仰。我们侮辱了他的信仰。"我又抗辩了两句，直说三民主义是一种浅薄的信仰。陆经忽然笑了："你才浅薄呢！你只是觉得在我们面前很丢脸而已。"

这一年冬天，他交给我一篇题名为《被发左衽》的未完成小说稿，我才逐渐了解：他自定为鲜卑后裔——一个相对于中原汉文化的偏远异族——并不只是一则笑话。"被发左衽"其实是一缕深沉幽秘的渴望，当他同一世代的年轻人还在认真悲壮地高歌《龙的传人》的时候，他已然顽强地同那歌声决裂，选择了陌生的语言和绝对的孤独。一个异族。在交给我那半部小说的时候，陆经还顺便告诉我他计划中尚未写出的情节：一个原本热衷国际文化交流社团活动的青年一次又一次地遭受官僚体系的压抑和屈辱，于是不得不放弃他的学业、社会、整个国家与文化，经过漫长的流浪之后，甚至连"异国"也放弃了。总而言之，就是一部叙述不断觉悟并退却的小说。我说从荷马到加缪，大家都写过，这一定是一部烂小说。他说对呀。接着他告诉我一个比小说精彩的动机。"你知道我为什么会写这篇小说吗？"他问我，我说不知道。"因为我知道没有任何一个中国女人可能爱上我。""那是因为你是个矮子。""对，就这么简单。"尔后他果然娶了一个美国女子黛安娜，她在陆经残缺的遗体火化之后立刻火化了他所有的日记和遗稿，遂使陆经最后几年的觉悟或退却与他们的情怨纠葛永世成谜。

陆经的另一个小小的遗憾应该是他从来没有机会目睹我父亲的改变。在他死后不久，电视新闻的镜头扫到曹大老，我父亲居然用山东腔的闽南语骂那荧光屏："干你娘！"后来以及再后来，他的山东腔依然十分坚持，可是那句咒骂则普及于他加入了五十年的那个党的主席和主义。他失去了那个信仰。

在那个充满怀旧气氛的除夕夜，我父亲不止一次地对光光和我说："我其实很想念陆经的。我常常想起他。"我猜他用"想念"和"想起"所要表达的是一副对死者特别容易动用的歉意——因为十四年前他没有接受陆经的歉意。我母亲则在一旁说："喝了酒净废话。"我父亲说那就再干掉一杯废话吧。同样的，我也说不出我自己对光光的歉意；说不出就是说不出，说不出只好说废话，要不就逃到另一个回忆里面去。也许再喝一杯就说得出了。再喝了不知道几杯以后，我父亲去上厕所，一跤摔趴在铺着红钢砖的小浴室里，永远失去了行走的能力。

退却

我父亲第五次入院又出院之后的某一日下午，阳光从后园的葛藤间筛进窗来，洒得满床金花黄叶。他这时已不复能完整地回忆生命中的任何经历，也忘记了他祖父张润泉的名字，甚至当我问起老家懋德堂的几副楹联，他也只能怔忡以对。可是他却问起了你。他指指门外，又指指肚子，勉强说了你母亲的姓名里的一个字——他仅仅记得那一个字了。我知道他的意思。他的意思是问我："你老婆肚子里的孩子怎么样了？"我说好得很，胎儿心脏强而有力，旧历年底就要生了。老人随即连说三句"太好了"之后就哭起来。他哭得非常专心，仿佛这世界上再也没有其他的事、其他的人、其他的情感。我驻足良久、一语不发，静静地看着他的两个眼眶里涌出泪水，随即在脸颊上溃决成纵横漫漶的浅浅沟渠，但是这些沟渠立时又被下一波泪水冲开，走岔了路，直到整张脸都湿遍，让阳光再一照，便有数不清的小金蚕在上面蠕动起来。他这时候忽然问我："我哭什么？"我说："你没哭，你高兴呢。""我高兴什么？"他瞪着一双红眼，非常迷惘地问我。我不忍再提起他要抱孙子的事，只好说："我忘了。"他皱皱眉、叹口气，道："你这是什么记性！"

我大胆猜测，老人在短短一年多的时间里淡忘生命中绝大部分的事情其实是一种带有保护意味的退却。他的右手只有不到三磅的握力，左手也仅能抓起半瓶矿泉水。即使经过几百个小时的复健课程，让他能一度扶着助行器在来回几十尺的室内趑趄学步，然而他毕竟选择了退却。在摔那一跤过后第二个初夏的六月十九日，他颓然放开助行器，跌坐在地上，说："再走也走不出屋去。"

也就从这一天起，他以一种近乎蓄意的方式切断了自己和过去的一切之间的联系。在他那里，回忆非但不再能使逝去的现实显得轻盈失重，反而让当下的现实显得压迫难堪。这就是为什么当他偶然"想起"了你——他的孙子——的那一刹那，泪水会如此一发不可收拾的缘故。就在那一瞬间，他所察觉的不只是一个陌生的胎儿，还有他和整个世界之间迢递以对、瞻望弗及的距离。他退却得太深、太远了。差不多要和死亡一样了。

死者

每当意识到眼前的父亲并不是我所熟知的父亲的时候，我总会立刻想起那个死在远方的朋友。他留给我半部残稿、两张相片、几十本英文小说、一组拼字游戏和一个"为什么写小说"的疑惑。

他在死后的最初几年里，经常造访我的梦境，告诉我："其实我根本没有死。"然后我们总会绕回当初说起的那个写小说的动机的话题。通常在那样的时刻——我指的是在梦境之中——事物、情绪和感觉细节都会比平常放大许多。不好笑的会变得好笑，不悲哀的会变得悲哀，不惹人喜怒爱憎的会变得惹人喜怒爱憎，不伟大的也会变得伟大起来。当陆经一次又一次地为他生前提到的那个写作小说的动机辩护着说："等到有一天，当你发现这世界上没有一个人爱你的时候，你就真的会写小说了。"我几乎都是用一种挣扎的姿势逃离那个"他其实并没有死"的梦，并且在醒来的边缘轻声哭泣，最后让哭声带领我进入、回到现实的黑夜里来。他的话语也和其他的梦中风景一样，变得比任何别的时候听来的都要深刻了。

让我告诉你，孩子——趁着我对梦这东西的理解还很肤浅的时候告诉你：陆经的话语其实就是我自己的话语。我只是借由一名死者，或者是借由我对死亡的无知，来反复质问自己从事写作的动机。因为在所谓清醒的时刻，我没有勇气探触那个源自最内在的究竟，那个"为什么要写作"的究竟；它到底是什么？也许它曾经是、也一直是如此浅薄的恐惧：这世界上没有一个人爱我。倘若答案正是这样，它立刻带来另一个恐惧：我的写作是不是便因此而决定了它的一切可能？

一九九七年二月七日清晨，我父亲躺在医院急诊室外走廊角落里的病床上，稍稍从酗醉中醒转过来，值班医生对他、也像是对我这么说："从 X 光片上看，是颈椎神经束受伤了，位置大概很高，也许是第三节或者第四节。想进一步了解的话要照了核磁共振才知道。"我父亲当时还以为核磁共振是一种医疗设施，连忙道："那就照了吧，照好了咱们是不是就出院了？"值班医生这一下不和他说什么了。他示意我站远些，我照做了，他跟过来压低声音嘱咐我："这种伤也许要拖很久，至少病人要经过长期的复健。复健效果怎样，谁也不敢讲。他将来能不能再行动，其实——"说到这里，他停了停，好像终于下定决心一样才说得出口来，"其实在他摔下去的那时候就决定了。"

于是我便得到了另一个关于那"恐惧这世界上没有一个人爱我"的写作动机的想法：如果那个动机成立，那么多少年来我所写过的几百万字也只不过是一再反复操演的复健活动而已。它维持了我的生计，为我赢取了作家的头衔和声名，捍卫了我的尊严，使我看起来像是一个能运用想像力、经验和知识无中生有、从事创造的人；但是，它从未、也可能永远不会治愈那原初的恐惧。几乎是以一种神秘主义的直觉，我猜想这恐惧来自我父系家族的五代宗亲。我只能希望它还不曾转印在基因里，传衍到你的身上。它曾经是我们这个家族病史的母题，从我父亲的病体和朋友的死亡上轻轻揭露，让我乍见书写的人沮丧的梦。

书写的人

或许是因为死亡所形成的退却过于彻底，使生者无从适应，在最初的几年里，我与天行者陆客夫妇似乎只能以交换陆经生前的饾饤杂碎来互相喂哺彼此的失落，好像也惟有在那样交谈往事的时刻，我们让死亡遁形匿迹，让逝者还魂人世。有些时候，只是为了叫死亡这一现实暂缓为我们所察知，我甚至还会编造一些小小的情节，一些从来没有发生过的事件，一些其实竟是突然间从不知什么地方冒出来的幻想，一些听起来似乎十分吻合现实处境的感觉细节。我甚至记得，有一次当我说道："有一次，陆经——"的那一刹那，我根本不知道陆经在那一次该做过些什么。我的听众自始至终未曾察觉我捏造了一段陆经的故事，他们也许从此以为那是他们挚爱的亲人曾经亲历过的一个情境。最不堪的是，除了"有一次，陆经——"那个短暂的刹那之外，我自己也不记得当时到底编造了些什么。我只能感觉，在不容伪造的真实生命中，伪造成为我生命中最真实的一部分。

我几乎无法想像，日后我将用什么样的言辞来向你解释我所从事的行业？写字的人、编故事的人、虚构一个又一个的世界的人、撒谎讨生活的人……也许，当你第一次问起这个问题的时候，我会毫不犹豫地念两个句子给你听，它出自我那位亡故的老友的遗稿——《被发左衽》——"想像的目的与想像的我，两点之间有条直线。"把这两个句子从那部残稿中移取出来，恰好可以作为小说写作之于我的一个隐喻。

一九八三年九月的一个夜里，陆经、黛安娜和我并排躺在青年公园的一处草丘斜坡上。当时我刚从研究所毕业，等待入伍。陆经则退伍才满半年，正和他的新婚妻子计划着赴美留学的诸般细节。他忽然没头没脑地问我："十年以后的今天我们会在干嘛？"

"喝啤酒。"

"还有呢？"

"抽大麻。"

"还有呢？"

"你和黛安娜生了一个小杂种跑来跑去。"

"那不可能,你知道我们不会要小孩。"陆经笑起来,"还有呢？"

二十六岁的人对三十六岁的自己还能有什么想像？那是一个遥远的年纪、异质的世界、陌生的人。我只好这样说:"我会养一条大狗,住在乡下,台风天自己修屋顶,给吹掉一只拖鞋和一顶帽子,还吹倒两棵大麻——这一点最惨。那时候你们在美国,住在一栋前院长了棵枫树的房子里。柯斯塔·涅达那一代的老嬉皮也全都住进那种房子里去了。秋天扫落叶、冬天生壁炉、春天剪草、夏天泡游泳池,一年四季都在读我写的童话——"就在那一刻,我听见草丘的另一边远远地传来一阵阵梵唱的声音。我翻个身,匍匐上丘顶,顺坡朝前方几十尺栅栏外的马路上张望,发现对街沿路走过一长列身穿黄色袈裟的僧侣。那些个秃顶僧人人手一支点燃的火烛,缓步鱼贯而行,朝马场的方向走去。梵唱声齐整如出一人之喉,素朴且嘹亮。

"什么童话？"黛安娜笑起来。

"讲一个小和尚,"我一面胡诌,一面站起身,直直盯着那一列看似无穷无尽的行伍,"从寺里逃出来,走了很远的路,想要到天边去看大月亮的故事。那种月亮非常非常之大，在地平线上从这头到那头，反正非常大的一个月亮就是了。"然后我朝坡下跑去，一直跑到栅栏边，再仔细朝马路上望。可奇怪的是，对面那一长列僧侣竟走得半个也不剩了。我只能看见偶尔疾驶而过的汽车头灯，倏忽点亮这城市西南角落上原本阒暗的一片柏油路面。不知过了多久，我再循原路上坡，又听见先前那样的梵唱。一回头，却见那一列黄服僧侣依旧持烛缓步、沿青年路向河堤外的马场前进。我抢忙再跑回栅栏边探头探脑朝外张望，而对街居然又空空如也，仍只偶一片阒暗如墨的柏油路面忽然被呼啸而过的汽车头灯洒个通亮，转瞬又趋于寂黑。我既不相信这是什么富涵启示意义的神秘遭遇，也不认为有那么一列存心戏弄我的游行和尚。至少，梵唱依旧在我耳际回旋缭绕着呢。我循音而行，从草坡的另一边寻去，终于在一座凉亭底下找着了声源：那是一具手提式双卡座收录音机，它正播放着那忽近忽远、似幻似真的乐曲。如歌亦如颂。我俯身贴耳（甚至闻到亭中石桌上残余的一股棕叶般的竹香），察知那梵唱的确由此而来。可是，方才那来不止又去不尽的一路黄袍僧众呢？

　　我步回草丘，将过去这短短几分钟里的经历向他俩仔细转述一遍——也许不只一遍——黛安娜认为那是她特地从旧金山带来的大麻发挥了效果，陆经则认为那是过度专注于听觉所自然产生的视觉想像（他甚至把漫无止境的僧侣行列解释成我对即将入伍服役的恐惧）。

"幻觉。"我低声说道，"幻觉。"

"不是幻觉，是你看到了你的想像。"陆经诡异地笑着，"大麻不会制造幻觉，写小说的也不需要大麻。你只是'看到'了你的想像——by an imaginary you。"

那个晚上的情景一晃逝去了十四年。我所预言的生活当然没有发生在陆经身上。黛安娜在陆经死后不久进入一所大学的研究所攻读人类学，毕业之后加入联合国教科文机构的一个什么小组，跑到巴基斯坦去当义工。偶尔有一次路过台北，我们见了一面。她和我谈资本分配、雨林消失、野生动物保育和女性主义的新发展，令我眼界大开。倒是我自己在一九九七年的秋冬之际和第二年的仲春以及初夏三度造访美国中西部，扫了落叶、生了壁炉、剪了草也泡了泡友人后院的游泳池。我从来没有写出那部童话。之于一个作家，那部童话只不过是另一个随手可以弃之于天涯海角的念头、计划或允诺，一股"写作构想"——一个不值得重新寻觅的想像的目的。堪称幸运的是，因为你即将到来，引领我回到另一端的起点，我一个字、一个字地开始思索着那个想像的我是怎么一回事。

第六章　我往何处去？

打从光绪十八年正月初一那天起，我曾祖母朱氏就想像着我祖父的未来：他学成了"法政"，替一位高贵体面的上官做"幕"，也挣得一身高贵体面。有了出身，骑马也好、乘轿也好，总之是风风光光来到懋德堂前。早先鸣锣开道的一干人等此刻鸦雀无声，垂手肃立，伺候我祖父回家省亲。

我曾祖母不只一次跟我祖母描述她想像中的这一幕情景，可它从来未曾真正发生过。原因很简单：当初她娘家来的活诸葛卿老太爷向她进言让我祖父上新式学堂学"法政"的那个时代，山东根本没有这么一个学堂。卿老太爷只不过跟她描述了一个他自己想像的未来：年轻的男子无须自蒙童时代开始便摇头晃脑、诗云子曰地钻研制义、皓首穷经，只需到专门传授实务的学校里接受正规而可致用的公文教育，俾成一熟练通达的幕吏。在那个时代，卿老太爷的这个想像并非谵妄。他极可能是从当时已然颇具规模的水师学堂、武备学堂、船政学堂、工艺学堂、电报学堂、商务学堂乃至铁政局算术学堂和化学学堂之流的军事和技术分工教育实况上看出了"做幕"这一官僚专业的可能。而他所声称的"法政学堂"却果然在日后出现——只不过迟滞了一段相当的时间——光绪三十二年,西元一九〇六年,山东法政学堂成立。我祖父已经满二十岁,且已经当了丈夫。此外,据泰安朱家的后人传言,这个学堂之所以能够成立,还是卿老太爷和朝中热衷洋务的几位大员周旋研议的结果。那时卿老太爷已经年近八十了,尚有自调的诗句传世:"肯抗匡疏轻竹杖,微衰马齿畏天颜。"上句用的是杜诗所援用的典故,隐隐然慨言其八十岁(杖于朝)还敢于提出不苟同当道的想法。下句典出《礼记·曲礼上》:"齿路马,有诛。"表面上说的是估量君王所驾之马的年岁亦属不敬、该处责罚,引申成因为议论宫廷内部事务而受到责备——如此说来,卿老太爷以一介草民之身,却可能基于他自治西学的实才和机缘,偶或在暮年参赞了某些机要,却不得亲近中枢,而留下了无限遗憾。总而言之,本名朱喜臣的秀才卿老太爷仅凭几句并无确切实证根据的想像之辞,却在我曾祖母心目之中深植了一个让儿子可以光大门第的渴望。

我六大爷张同京在过世前两年(一九八九年)经香港亲友转寄了一个沉甸厚重的邮包给我,里头是一封信和一叠文稿。六大爷在信中告诉我,这份文稿姑且可以名之为《家史漫谈》,是他根据当年从"破四旧"运动中引火焚之、又抢救下来的"可谓百不及一，甚至千不及一"的家档再加上他自己所闻见和亲历的经验而记录下来的。

　　顾我张氏门中，五代以下，无一与文章之事者。去春同汝一晤，乃知吾道不孤。今特将此稿理出，付汝一览。间或有可愕可叹之迹，却乏可歌可泣之业。尤以汝祖父任事敌伪一节，殊属无奈而有憾。为人子孙，岂敢辱先人？然史乘斑斑，又何容诬真相？汝得其情、察其理、究其故实，或能于哀矜谑笑间立一根脚。

　　我初读此信到这一段上，不觉气血涌动、齿脊森寒，竟至不能终篇——我爷爷居然当过汉奸。我登时将那封信扔在一旁，开始翻读《家史漫谈》的文稿。和那封信稍有不同之处是它全以白话文字写成，其中果然有这么两大段："'五三'惨案后，济南成立维持会。柴勤堂（外公的好友）为会长，父亲在该会当了一年的金库主任……""一九三七年'七七事变'后，父亲在桓台、寿光等县署任过秘书、财科科长等职务，一九四五年抗战胜利前夕才回家为民，这时他老人家也染上了鸦片嗜好……"

　　在这里，请容我稍事停顿。先向你介绍一种情感——我们姑且称之为：不忍。

不忍

　　我刚出生之后没多久，"国防部"各级文武职官就在当局的鼓舞之下，努力从事两项活动：锻炼体能和学习外语。无论从事任何一项球类运动或者是外国语文补习，部里都会按月拨发相当数额的经费给所属每一个职官。大部分人的选择是学英文和打羽毛球（或桌球）。我的父亲偏不从众，他选的是学日文，打网球。多少年过去，我从学校里接受了一定程度的民族教育，有那么些没事找事、振振有词的德行了。有回看见我父亲在灯下查阅一部叫《大言海》的字书，遂问道："你干嘛学日文？"我父亲一开始没有察觉我带着些找碴儿的心思，便漫声应道："英文留给你们学得了。"我接着说："小日本鬼子的话有什么好学的？"我父亲扭过头来，从眼镜框的上缘瞪了我片刻，紧紧皱着眉头，像是想教训又懒得教训我，最后却低下头，将视线钻回《大言海》里，说："那你就把我当个鬼子好了。"

　　这情景一直掩埋在我的记忆深处，和另外一件事紧紧挨着。应该在更早的几年里吧，我忽然问起我父亲：最要好的朋友是谁？父亲沉吟了片刻，说："有三个吧——倒有两个没出来。""没出来"不需要多作解释，就是"没一起到台湾来"的意思。他们的名字是滕文泽和王景。滕文泽是日本占领山东之后和我父亲一块儿成为土地测量员的练家子。据说滕文泽能使气功，扛一口大缸一步一步走上十里地，缸里担满了水，可以让两个人进去泡澡还有富余。负责训练土地测量的日本官长因此而敬之如鬼神，连父亲也跟着沾了不少光。王景在我父亲二十八岁那年的离家出走事件里起过极大的作用。"如果没有王景，"我父亲曾经不止一次这样说，"我恐怕这一辈子都学不会包饺子。""那还有一个呢？"我接着问。"什么还有一个？""还有一个最要好的朋友呢？""哦！是还有一个——"父亲指了指我的鼻尖儿，说，"那就连我的儿也一块儿算上吧！"

这两件看来不搭界的事都和父亲刻意不肯多说的日本有关。

一九二八年五月六日，古历三月十七，我二姑出生。第二天，柴勤堂就来了。据我六大爷的描述，柴勤堂这个人"像只刚出笼的发面馒头"，浑身上下肉颤颤、软乎乎的，喜欢行洋式礼节，见了人就拉手。我爷爷叫他拉着手放不下来，说了一阵话，最后点了点头，柴勤堂还不肯松手，又把说过的话重新叙了一遍。我六大爷这一回记住了，柴勤堂说的是："咱们不出头，钱宝森那帮子人就要出头；钱宝森一出头，地面儿上就不得安宁了。伯欣！你这不光是帮我一个忙，也是帮地方上一个忙。"我爷爷当时没再言语，终于挣开手拱了拱，算是送客。

这天傍晚上灯时分，我爷爷来到北屋我奶奶床边，告诉她，柴五爷来过了，非得撺掇着干维持会的金库主任不可。我奶奶叹了口气，道："俺爹早说过，五爷旁的毛病没有，偏就是这瘾头儿戒不了——孬好就是要搬弄个官儿做做。"我爷爷也跟着摇了摇头，说："你看呢？"我奶奶苦苦一笑，望着怀里正吸着奶的我二姑，道："五爷没打招呼亲自来，就是问过俺爹了。俺爹没言语，我能说什么？这是你们当家做主的人该想明白的事儿。"

我爷爷的岳父杨谦斋，打从广东番禺知县任上丁忧返里，服丧期满，又放了河北玉田、晋县等地的知县。当时，我爷爷顶着个法政学校毕业的文凭，还替岳父干过几年案首，执掌钱谷。大约就在后来这两任上，杨谦斋看准了一门生意：运盐。一卸任，他便倾尽宦囊所有，到济南兴办起盐务来，创始公司字号叫"鼎裕"，两年之内，"鼎裕"在德州武城、临清、平原三个县份里陆续都开设了盐店，我爷爷既是股东，也兼着在临清干过开办账房，在平原当过经理，我大大爷张汉京、二大爷张蔚京和三大爷张荟京也分别在几个盐店里干过学习伙计和管事。照我六大爷的说法：他的头两个哥哥所学，不外是"锦衣玉食而已"——不，不只是锦衣玉食——起码我大大爷拉的一手好胡琴、我二大爷烧的一手好烟泡，大概也都跟盐店里过的好日子有关。柴勤堂上门来拉手，不会只是来叙世谊的。显然，他要做官儿，就得找上过得起这种好日子的人家给撑持撑持场面。

我爷爷最后撂下一句话："看来咱家的好日子是过完了。"道理明摆着：维持会是征服者和被征服者之间的一个临时性的组织。由地方士绅推举出来一群人，同日本人办交涉。如何维护老百姓的生计、如何保障老百姓的安全、如何在一个伟大的国家和另一个更伟大的国家之间，让一小撮连伟大的边儿都沾不上的人把日子过下去。这些站出来、踩在国家和国家的边界上的人通常会获得些暂时的利益，较充裕的物资、较优渥的待遇、较宽松的管制、较自主的权力，看起来——尤其是看在其他被侵略和剥夺的同胞眼里——他们是通译、买办和叛徒的混合体，背地里一定过着比常人舒坦的好日子。

所谓"咱家的好日子是过完了"，应该是冲着柴勤堂而来的。柴勤堂，名励生，原籍山东济宁。年轻的时候人称柴五，年长了凑合着叫他五爷。我爷爷对他独有些旁人不及的敬意，兴许是因为他算得上我爷爷和我奶奶的大媒。相传经他媒合的婚姻不下数百桩，看光景都十分美满，柴勤堂因此声名大噪，乡人径以"柴月老"呼之。他欢喜风雅，请人刻过一枚"冰叟"闲章——据说这还是杨谦斋给起的——因为"冰上主阳，冰下主阴，调和阴阳之事，谓之'冰人'"。也正由于媒合婚姻的缘故，济南府中上阶层的老家底儿都在他的一本姻缘簿上。这一回他急着调和的是中国人和日本人，急的原因是有个叫钱宝森的看起来要抢这桩绝大利市的冰人生意。钱宝森，清帮大老，我爷爷生命中一个痛苦的伏笔。

对于柴勤堂，我爷爷的直觉完全正确。他推荐我爷爷出任金库主任的用意很明显：洛口杨家的"鼎裕"在一府三县里的盐店生意是个大金矿，挖矿的锤子铲子抓在我爷爷手里。在那个兵临城下的当时，柴勤堂翻开了他的姻缘簿，点了我爷爷的名字。据柴勤堂的儿子柴泰来日后在一列驶往潍县的火车上跟我母亲说："俺爹给十爷添了不少麻烦，没有十爷的接济，柴家不会有今天这个场面——这个么，俺全家大小子子孙孙都会记得。"十爷，一九二八年五月下旬新上任的济南市维持会金库主任，他在一年之内花了将近两万块钱修补炮火为这城市带来的创伤。关于花掉的家当，我六大爷还保留着一个清晰的、细腻的记忆：就是钱币本身。

那时通行的钱叫"大头"，正式一点的称呼是"银圆"或"袁大头"。民国肇造，袁世凯当上临时大总统，废了各省独立造币之权，铸造了一种以大总统穿戎装的正面或左侧像钱币。钱币上缘镌刻着铸造年份，背面交叉着两束我们姑且称之为"嘉禾"的花纹，中间则刻了"壹圆"、"半圆"、"贰角"、"壹角"的币值。这钱有许多不同的版本，最主要的是睁眼、闭眼、大耳朵、小耳朵的分别。耳朵大小，端看那铸像的匠人如何看待大总统的面相和命运。"闭眼"则是指"壹圆"的圆字底下那个"贝"是否封口，据说"闭眼"的含银量高于"睁眼"的。

我六大爷手头收存了几个，其中只有一枚的"贝"字是"睁眼"的。他收存了一甲子之久，一九八八年四月中的某一日，他在济南市西关朝阳街北屋里抖搂给我看，我说："看这个是'睁眼'的。"

六大爷递过来一把放大镜，说："你再看那大总统呗！"我翻过钱币的正面，将凸透镜面的中央对准了袁世凯的脸——袁世凯的上眼皮却居然是耷拉下来的。这跟我们家族里男人们的面容有一点类似：自凡是有人要生病了，他的眼皮自然就耷拉下来了，算个遗传性的征候吧？我笑说："大总统要生病了。"六大爷神秘兮兮地说："我从没见过眯眼的袁大头，这是个假的。""假的您收着干嘛？""那模样儿特别。"我翻过来倒过去地看，又一一比对着其他几枚，好半天才看出这假的"大头"侧像显现出一种异样的神态，是我们的历史文献从来不会去安装在袁世凯脸上的一种神态，像是亲眼目睹了一桩重大的灾难之后，叹息向喉间涌起，眶子里的瞳仁倏忽湿润，眼皮就垂下来了。不忍再多看一眼了。

"你爷爷干那金库主任的一年，一到上灯的时候，就上你奶奶屋里来，坐在这儿。"六大爷指了指我屁股底下的藤椅，又指了指我右手丈许开外的蓝布门帘儿，道，"我呢，就在那儿，看着你爷爷垂着脸、低着头，鼓嘟着个腮帮子，跟这假的大总统一个德行。他一句话不说，能坐两三个钟点。要说，也就一句：'买骂啊！买骂！'"

我很难推断我爷爷究竟不忍的是什么。也许是家财，也许是名声，也许是柴勤堂与张家两代的交情，也许还真是战火之下百废待举的家业和市容。总之，他在短短一年之内，花了两万袁大头，买了个不好洗刷的名声。到一九二九年春天里下了一场雨，武城、临清、平原乃至于济南市里四个盐店的仓库几乎同时传出灾情：每一处库房的房顶都叫人给凿出一种名为"梅花窟"的洞穴，雨水从中倾注而下，饱含盐分的卤水分别流进马颊河、南运河、黄河和小清河。柴勤堂说："这是'庵清'里派人干的，该怎么办？伯欣你说呗！"我爷爷摇头摆手没吭气儿——我猜他当时顶多还就是那个假大头上的表情。不忍。

庵清大爷

　　我在日后的一部小说《江湖》里，会提到清帮的缘起，这一方面的知识，其实是从我父亲那儿听来的。他悄悄加入清帮，是为了我奶奶。我奶奶对清帮之事之所以起了兴趣，又是因为钱宝森对懋德堂张家所产生的影响。

　　前清时代，粮艘运米粮北上，到了通州入仓，就算了事。反棹南归，自然不能放空，人人可以私觑物资在回程中贩售，谓之"压舱"。粮米帮本来有此故事：凡船入教，成了"安（庵）清"，每年都要将运粮所得的"身工银子"里的一部分上缴主管本帮之称"旗主"者，再由各"旗主"聚缴于"舵主"处。"舵主"再汇集所有，纳于总舵主之手，总舵主才邀集组织之中的"尊师"、"护法"、"正道"各堂齐集商议，如何统筹分配。这分配，里头有相当细腻的学问。大多数的时候，三堂堂主各有一群智囊，这些人都有公职在身，大多是各级衙门里的刑名或钱谷师爷之类的人物，是以也不宜在帮，故谓之"帮朋"。

帮朋主要的任务是通风报信，提供三堂堂主诸般经济和政务上的情报。比方说，某州某县，将于多少时日之后，启动某项工程，而急需若干数量的木材、铁器。乃至某省某府，将于多少时日之后，迎迓某位要员，而急需若干形色量的珍玩、礼品。这些物资，有的本属例行采买，有的则是临时应急，所需项目，从假山巨石到胭脂花粉，可谓无奇不有。无论是摊派，抑或是争取，地方官署扛下了备办的责任，就非得完差不可。别说什么奇珍异宝了，临到用时，一包甘草薄荷也要上穷碧落下黄泉地搜求，景况要是严重、紧急一些，一旦接济不上，还可能会丢了乌纱帽的。

于是，师爷们之所以成为"帮朋"也就有了作用。平时督抚衙门里的师爷与三堂堂主交际，其下各府道州县的师爷们再同各舵主、旗主们交际，这样，官僚集团就与罗教里的安清们形成了一个密不可分的网络。漕船返航，名为"回空"，事实上没有一回是空的，每一年由八省经漕河入京的粮艘，总在六七千之数，各船再回航山东、河南、安徽、江西以及两江、两湖之时，必定满载着各式各样从沿路趸回来的货品，其中一大部分就是替各级官府备办的物资。如果这些物资还压不沉船，帮众自然有权私带些什货，这些货，就叫"压舱"。买办了"压舱"，沿途可以自行倒卖，名曰"顺风"或"随风"。各省里也有专等粮艘回空之期大办"顺风集"、"随风市"者,每集一开,村镇百姓为之沸滚喧腾,可以热闹好些天——这是那年月里的流行商场。

钱宝森就是帮办"顺风集"发迹的。后来我们知道,他祖上原先出身于济南市东边儿的历城,在外省里转租漕船发了家,两代之后,又回山东来投资做剪刀。正是钱宝森当先在德州、济宁等地租借空地,迎迓粮艘,使鲁北、鲁西一代援附粮米帮的小商场形成定制。缘着这一层关系,之后他也成了在帮的"庵清"。可在我曾祖到爷爷辈儿上五大房的男人都认为他这行径没说的,就是地痞。可钱宝森并不因之而对懋德堂张家表现出任何不怿之色,逢年过节,总托着堤口庄看坟的老郭捎些个奇特的时鲜土产——沂源的烟草、肥城的桃,还有惠民的梭鱼、三齿蟹,自凡是听说过的、想起来的,一样儿少不了。打从我曾祖母朱氏就交代过:老郭家捎来的玩意儿别问来历,都是在行的货。当着我爷爷的面儿,我奶奶不敢多说什么,可背地里总会称道:别说这钱宝森出身不怎么地,冲着人家对老太太的一份孝心,咱们就得记着。

一九三一年七月间的某日,我父亲跳下小清河,从南大湾跌跌撞撞爬上岸,出了小路向东拐,看着前头就是我奶奶的娘家,可说什么也走不动了,他眼一黑,蹶在骡马道边。之后这十二里回家的路,据说就是让钱宝森那辆四轮儿大黑骡车给驮回来的。钱宝森没敢走正门,绕后门叫了朱伙计把我父亲扛进屋。我父亲才睁眼，就挨了一鞭子，金星银星满天乱转。我爷爷一边儿打，一边儿斥："你可给咱们张家门儿露脸了！"

在我爷爷而言，欠一个你不想欠的人一份情，是很难承受的事。事实上，一直到过世之前，他都没有弄明白，钱宝森为什么要对上下三代的张家如此友善？正如他从来没弄明白：一府三县盐库房顶上的"梅花窟"究竟是不是钱宝森派人给凿的一样。他宁可相信这世界的普遍真相存在于他的先见之中。比方说，"庵清"是一群不事生产的蛆虫，从没对什么人安过什么好心眼儿。至于强加于他金库主任头上的污名，则是钱宝森当年没能主持维持会而假爱国之名、唆使一群青皮混混所遂行的报复。

相对说起来，我奶奶对这世界便宽大得多。她抄写着《金刚经》的一个午后，我父亲刚从师范学校放学回家，她忽然对我父亲道："老郭家又送了济阳的圆铃大枣儿来，去找朱伙计拿一个来尝尝。"接着便自言自语起来，大意是说："庵清"里这些人做事还真细法儿，礼数周全，面面俱到，哪像传说里的绿林呢？"人家为啥给咱们送枣儿吃？"我父亲问。我奶奶摇头笑道："谁知道呢？江湖人自有一本账，可比寻常生意人的清楚。"我父亲后来告诉我：他一口一口咬着圆铃大枣，一面想着：也许真该投个香堂拜上一拜，看看人家"庵清"到底在搞些什么名堂？

我父亲上学的这几年里，我大大爷和二大爷已经先后叫盐店给辞退了，原因无他，都是"拉长支"过多——也就是经年累月向柜上预借了太多薪俸，眼见要把我爷爷的一点股份都垫上——分店经理当机立断，前后两回，亲自雇了大车，把两位少爷送回朝阳街来。

我大大爷随即靠着父荫，在山东盐运使署里干录事，一个月十八块钱的薪俸，他可以花十二块钱包月雇车，其余生活所需全凭赊欠，每到年节我奶奶就得打发那成堆成叠的借条。我二大爷在钱上头的"摆布"比较温和，然而他是懋德堂里第一个染上毒瘾的人物，鸦片烟之不足，改打吗啡针；吗啡针之不足，海洛因也抽上了——可他永远有逃过家法的门道。打从临清盐店给辞退的那一回说罢，那是一九三七年底，非常非常之冷的初冬天气。进门之后，我二大爷"唰"的一声脱了皮袍子，先摆上一副义形于色的面目，跟我爷爷告了一状："我在临清就听人说，小启子入了'庵清'，这是怎么回事啊？"好像他是专程为了这事赶回家来似的。

我父亲真的成了"庵清"？这桩公案当下没有了结，因为我爷爷一时之间尽忙着找"家法"，找着了"家法"却找不着我父亲——他叫朱伙计给拽着从后门溜了。这一溜溜得可远，上了堤口庄老郭家。再见着我爷爷——托日本人的福——已经是快两年以后的事。

不过，关于我父亲入帮的底细，我知道得更晚。我只记得他曾经给我看过一个帖子，上头写着"信守"两个大字。

文字

我父亲教我认字的招数极多，我不知道将来是否应该照样移植到你的身上。这一点着实令人困惑——我猜想我能够认得的字都与一连串定型定性的故事有关，这于是形成了我对个别文字的成见。如今我看见"信守"二字，总会想起黑社会、帮派、械斗，还有跟长相凶恶的人磕头这一类的事。

我曾经跟你说过，祖家大门的一副对子是请雕工给刻的，长年挂着，一到腊月底，卸下来朱漆雕版墨漆字，重鬃一过，焕然如新。联语从来就是那么两句："诗书继世，忠厚传家。"我父亲来台之后，配合在眷村之中，便改了字号："一元复始，万象更新"，有时下联也写作"大地回春"。

我最早认识的大约就是联语上的这二十个字。在还没有上学认字之前，我父亲总是拿这些个字当材料，一个字配一个故事。多年下来，我只记得"象"的故事，大意是说有个善射的猎户，受一群大象的请托，射杀一头以象为食物的巨兽。那猎户一共射了三箭，前两箭分别射中巨兽的两只眼睛，第三箭等巨兽一张嘴，正射入它的喉咙。此害一除，群象大乐，指点这猎户来至一片丛林，群象一卷鼻子就拔去一棵树，拔了一整天，林子铲平了，地里露出几万支象牙来，猎户因此而成发达了。至于那巨兽有多么大呢？据我父亲说，一根骨头得几十个人才抬得动，骨头上有洞，人还可以往来穿行。

　　说这些故事的时候，多半是走在路上。大年下，我父亲牵着我在纵横如棋盘的巷弄之间散步，经过某家门口便稍一停留，看看人家的春联写了些什么。偶尔故事会被那些春联打断——走不了几步，家父便分神指点着某联某字说："这副联，字写得真是不错。"或者："这副联，境界是好的。"

　　等我念了小学，不知道是几年级，自家大门口的联语换了，成了"依仁成里，与德为邻。"我父亲解释，这是让邻居们看着高兴。就我对巷弄间穿梭打闹的孩子们的观察所知，没有哪家邻居会注意到我家大门边写了些什么。我家与邻人素来相处不恶，应该是往来串访不多、难得龃龉之故，跟门上的春联显然不应有关。但是我注意到一个细微的变化：我父亲同我再闲步于里巷之间的时候，竟不大理会人家门上新贴的对联如何了。有时我会问："这副字写得怎样？"或者："这副联的意思好吗？"他才偶一掠眼，要不就是说："这几个字不好写！"要不就是说："好春联——难得一见了。"

　　上高中之后，我开始读帖练字，我父亲从不就个别字的结体构造论长短，偶有评骘，多半是："《张猛龙碑》临了没有？"或者："米南宫不容易写扎实，飘不好飘到俗不可救。"那是一九七一年左右，我们全村已经搬入公寓式的楼房，八家一栋，大门共有。彼时我们父子俩几乎再也不一道散步了。有一年热心的邻居抢先在大门两边贴上"万事如意，恭喜发财"，我猜他看着别扭，等过了元宵才忽然跟我说："赶明年咱们早一天把春联贴上罢。"

这年岁末，我父亲递给我一张纸条，上写两行："水流任急心常静，花落虽频意自闲"，中间横书四字："车马无喧。"接着他说："这是曾国藩的句子——原先就贴在咱祖家北屋正门上——你给写了贴上罢。"一直到他从公务岗位上退休，我们那栋楼年年是这副联。

我父亲退休那年我腊月里出国，到开年了才回家，根本忘了写春联这回事。这一年大门口的联语是我舅舅给写的，一笔刚健遒劲的隶书："依仁成里，与德为邻"，横批是："和气致祥"。

我问起父亲，怎么又邻啊里啊起来。他笑着说："老邻居比儿子牢靠。"我说这一副的意思没什么个性，配不上舅舅的字，他却说："曾国藩那一联，做隐士之态的意思大些。还不如这一副——"说着又掏出一张纸片，上头密密麻麻写着："放千枝爆竹，把穷鬼烘开，几年来被这小奴才，扰累俺一双空手；烧三炷高香，将财神接进，从今后愿你老夫子，保佑我十万缠腰"，横批是："岂有余膏润春寒"。我笑说："你敢贴吗？"我父亲说："这才是寒酸本色，你看看满街春联写的，不都是这个意思？还犯得着我来贴么？"我回首前尘，想起多年来父亲对于写春联、贴春联、读春联的用意变化，才发现他的孤愤嘲诮一年比一年深。我现在每年作一副春联，发现自己家门口老有父亲走过的影子。

生命的承诺

回到最初的父亲的影子旁边，的确还有那个弱小多病的我。看模样，是还在幼稚园里玩耍的阶段。那时，我经常会得到一种叫做奖状的东西。我可以坦白告诉你：奖状并不是因为你做了什么值得鼓励的事而得到的；你得到，只不过是大人觉得你会因此而做一些值得鼓励的事，因此人人都有一张。在那样的奖状上，通常是如此开头的："查本园幼生张大春……"我父亲一个字、一个字教我认下去——还是那一套——每个字都附带着一个故事。关于"幼生"，他说："这两个字没有故事了。"我问："为什么？"他说："因为你不爱洗脸、洗手，也不爱洗澡、洗头，老师说不够卫生，所以只给个幼生。下回老师给你个'查本园卫生'，我才讲'卫生'的故事。"等我真正明了"卫生"的意思，已经不在乎他欠我的那个故事，我当然不会得到"查本园卫生"的奖状，但是早就不得已而养成了清洗手脸的习惯。

这让我想起另一层：文字是一种生命的承诺。它在我们这个家族里占有无比尊贵的地位。

当年我三大爷张荟京，字华叔，据说写的一笔好字。济南人写字，路数不多，就是两种风格。一是铁保，一是何绍基。何绍基是湖南人，快六十岁了才到济南"溵源书院"出任主讲，传世法书多为楹联，大明湖最有名的历下亭联语——"海右此亭古，济南名士多"——语出杜少陵（《陪李北海宴历下亭》），字就是何绍基写的。铁保，字冶亭，号梅庵，满洲正黄旗人，嘉庆七年（一八〇二年）调任山东巡抚，第二年七月，时值大明湖荷花盛开，遂偕师友雅集于湖之小沧浪亭。那时节的山东学政叫刘凤诰，即席吟撰一联，成为这个城市日后精神面貌的表征："四面荷花三面柳，一城山色半城湖。"

此语本色天然，明白晓畅，铁保看了也大为欣赏，当下索纸濡毫，一挥而就。会后自有好事者倩石匠将这一副对联刻了，放在大明湖畔纪念另一位铁姓之人的祠堂西门里。多少年过去，在地父老携子弟来游湖，总不免到祠边指指点点，说这字是好的，联语是好的——就像我父亲在我年幼时所做的那样——于是铁公祠两门里的这一联，算个范式。

当年塾里的周夫子曾经一次又一次地带我三大爷来看石刻，前后不下百回，用意就是在让这孩子能"默拓"。看一回，想一回，过目之后再凭记忆临一回。据说周夫子能临到同原刻一般无二的地步。至于我三大爷，也能笔画神似，结体浑成，可就一样——他临出来的字，行款总难说清朗，一张长幅写下来，末字比首字要小了三分之一。周夫子看着看着担上了心，跟我奶奶说："华叔是个好孩子，可气体不够深厚。我初没看出来，让他由铁冶亭的字入手，看着非但于养性无益，于修身甚且有害。惭愧惭愧！今年的束脩我不能要了，十奶奶您另请高明了罢。"说着，居然单膝点地打了个千儿。

周夫子的名字没有传下来，据说他是历城一位著名的藏书家周永年的后人。周永年四十多岁才中了进士，由山东名宦刘统勋荐举，任翰林院编修，后来也曾经协助纪昀编过《四库全书》。我父亲提到周夫子时总会连带地提起周永年，说："那位老祖宗没留下著作，这位老夫子连名字也没留下。"据说周永年藏书数万卷，毕生职志就是创建一种叫做"借书园"的机构。在他的眼里，"借书园"不只是图书馆，还是周济贫穷读书人的"养士院"，所谓"贫者供其饮馔，寒者给其棉薪，俾勤读无后顾忧"。结果周永年自己以贫病交迫终其身，花大半辈子积攒搜贮的书籍又零刀碎剐似的卖了。结果从周永年到周夫子不知几代，代代还是得向他人讨饮馔棉薪。

周夫子辞了馆，我三大爷有过一段短期的失学，却跟着我大大爷和二大爷学会了下象棋和打麻将。我二大爷发现他不但学得快，而且算得精，竟然把他带到自己应酬的场合里去试手，一则以献技，一则以搦赌，果然诱使不少人放手来博。这恐怕也是我二大爷毕生所事惟一的一次正确的投资。根据《家史漫谈》的描述："三哥在三五天之内打消了二哥一两年之间所积累的债务。据说有一场麻将牌，四圈下来赢了两三百块钱，还因此开罪了老军阀马良的一个侄儿。但是毕竟缓解了欠款，二嫂开口闭口辄以'麻将圣人'呼之，这反而让三哥在长辈们心目中留下了不好的印象，总觉得他好赌、不务正业。"

可是我爷爷、奶奶一直不知道，他们这个看来苍白、瘦弱的三儿子如何悄悄地影响着这个家族的成员。他当时已经娶了亲，还有个小名儿叫"宸子"的儿子，一家三口长年犯咳嗽。

我六大爷说了不只几回，可见其重要的是有那么一天——极可能就是在更剧烈的战祸降临前夕的一个黄昏。当时有个本家干上了第二游击军的司令，此人名叫张步云，随军带着家眷，却没有地方安置。经柴五爷疏通，要借祖家东厢房暂住，我爷爷也是一口答应了。张步云的眷口住进来之前，我三大爷一家子奉命洒扫清洗。正忙活着，忽然把我六大爷叫了去，他自己站在第三进东屋里的一个套间门口，指着幽暗的旮旯儿，道："看看去，那是些什么？"一面说，一面咳着蹲下身，坐在门槛上。我六大爷拾起一旁地上的水桶，撩水扑尘，朝里细细打量，果然觑见角落里堆置着长长短短的一大摞少说等身高的木板。有六尺长、两尺宽的，有五尺长、尺半宽的，也有四尺长、一尺宽的。每板厚可二寸，板板之间还隔着软绸，只不过全让一层尘土给裹覆了，看是几十年没有人移动过。

"我没那气力——同京，把小启子找来，一块一块给撤下来。"我三大爷说。

"小启子上堤口庄老郭家去了，我给你撤呗。"我六大爷说时挽起袖子，踮脚抻臂地往那摞板子的顶上够，够了半天，一块也动弹不得。看得坐在门槛上的三大爷笑起来，一笑就咳得更不可收拾，最后眼泪汪汪、且呛且喘地叹道："还是等小启子回来再撇吧，咱们都不是这块料。"

"这么沉，棺材板子啊？"我六大爷拿脚尖儿踹了踹板子的侧面儿，暴起一阵灰。

"也差不离儿了。"我三大爷道，"是咱们老爷爷、还有爷爷那年月里的门联。"

我六大爷猛可想起来，道："张步云的家眷要是搬了来，应该会有随扈的，赶明儿人到了，我借他两把手，把这儿也给理一理。"

"当年改换门庭，老辈儿的意思就是不再要儿孙们往读书做官儿的路上奔了，这也是一份儿实在。不过，同京，你要明白——"我三大爷撇过头，愣生生望着庭院中的枯树，沉吟了好半晌，才道，"家里没能出一个念书的，爹娘不是没有遗憾！"

"三哥念得不挺好？"

"我这一房，难了！"我三大爷扭回头，再看了那些门联板子一眼，幽幽地说，"听奶奶讲原先前院大门里、二门里，各有一扇屏门，屏门上头，各有一块横额。大门里那块写的是'齐庄中正'——那个'齐'字要念'斋'，不要念成'齐家治国'的'齐'了——二门里那块写的是'文理密察'。两块额，都是《中庸》上的句子。你让那司令的人帮着撇出来，洗干净，找着漆给刷一遍也成。能挂上，就挂上吧！"

那是战火燎烧的一个冬天。张步云的家眷第二天一大清早搬入二进的东厢房，还没过午，游击司令部也迁了来，头一进的院子里架起四张长桌，铺上蓝布，陈设着一本一本、一卷一卷的文书名录。屏门旁边围起白绳过道，打从用饭的时间起就募起兵夫来。

这一天外头传进大门里的新闻还特别多。先说日本鬼子已经来到了黄河北沿儿。又说第二游击司令部要改番号，改成独立作战军。接着马上翻说不改了，只把"第二"改成"第一"，其余不变。尽管消息凌乱、议论纷纭，可是募来的年轻人却着实不少。他们大都随身带着行李，看模样，四乡八镇里早就闷不下去的年轻人居多。我六大爷怀疑，也有的许是看了街上张挂的募条，只想来混俩馒头凑上一顿半饱，随时准备开溜的。孰料排排站在蓝布长桌前签了字、打了手印儿，立刻将行李卸了，换上军服，满六个成两列，由枪兵押着说是上小布政司街领馒头去，其实——按照帮他扛门联板子的老兵的说法——一径就是向黄河边儿上挺进去了。俩老兵把门联板子扛了，往屏门背后一靠，自将东屋檐下水沟边一排行李卷儿提拎到后一进的偏院儿里，下手便拆，手脚看是十分利落的。我六大爷忍不住问道："这行李是方才报到那小伙子的。"一个老兵低着头继续拆，道："天王老子的也得检查检查。"另一个跟我六大爷挥挥手，道："别什么这小伙子、那小伙子的了，六少爷！上紧了门、捆紧了包袱才是你的事儿呢！"

我六大爷把这一段见闻转述给我爷爷听，我爷爷没有像平时那样，把口头禅搬出来："有这么回事吗？"或者"俺才不信哩！"他思忖了片刻，做了一件他这一辈子没对孩子做的事（也因此令我六大爷印象深刻），他摸了摸六大爷的头，柔声说："真亏了你！"接着，我爷爷叫长工拐腿老四传话各屋，无论老小，立马上北屋来"听话"。那时他还有这祖家男人的最高权柄，就叫"说话"，应该就是日后我们在媒体上熟知的一种说法，"有重大信息宣布"的意思。

这一次说话的主旨再简单不过：小乱居城、大乱居乡，全家都得走。上哪儿去呢？当年闹"五三惨案"的时候，城西吃紧，我奶奶曾经安排看坟的老郭一家上章丘县旧军镇、我二大娘的娘家去避难。那里宅子多，每个院儿都有井，当年躲土匪挖的地窖子既深广、又透气儿，老郭家的说是比住着高宅大第的还舒服。这一回，懋德堂上上下下老老小小一总都去了吧。说到"上上下下老老小小"，我爷爷本能地嗅了嗅鼻子，虎瞪起一双浊泡泡的眼珠，刻意提高了声儿，喝道："小启子呢？小启子上哪儿去了？"当下没有谁敢答话，我爷爷自己倒接了腔："上堤口庄把他拽回来看家！"

这一回，我二大爷没听吩咐，日本人渡河进城的那一天，他自个儿留下来了，而且一个人里里外外洒扫整洁，处理了张步云的游击军留下来的两把破手枪、两千发子弹，烧掉上百床军毯。

最后，缘于某种类似避邪抗煞的祷念，他把"齐庄中正"、"文理密察"的横额也安上——只不过大门里和二门里两块安颠倒了——一直到一九八八年我回祖家省亲，还看那两横额高高挂着，它们躲过了抗战、躲过了内战、躲过了"文革"。我向祖家道别的那天上午，跪在大门外的黄尘灰土之中朝老屋磕了四个头。四个头磕下来，眼里的"文理密察"四字已经模糊了。我六大爷也哭，但是嘴角挂着笑，金牙露出一枚，说："老祖宗给咱留下的教训还在的。"

我的泪水却充满了惶惑，因为那文字里的承诺，要比一块五尺长、尺半宽、两寸厚的木板沉重得太多。

信守

一九三七年十二月二十三日，日军矶谷廉介第十师团两万零八百人兵分两路，从齐河和济阳渡过黄河包抄济南。第二天是西洋人过的圣诞节前夕，山东省主席韩复榘给第三集团军第十二军军长孙桐萱的耶诞礼物是一通密电：所部留守断后。他自己最重要的工作是打点行囊，离开济南。弃守之前，他还下了几道照亮山东人历史记忆的命令，其中之一是到处放火。他烧了省政府、火车站、市立医院和几栋看起来很宏伟的公、民用建筑，日本领事馆自然也在其中。韩复榘这场火放得不带一丝仇恨或悲壮，这是整个"焦土抗战"撤退计划的一小部分，执行到最后关头，只有极少数韩复榘十分亲近的侍卫才会知道：在火光和硝烟的掩护之下，还可以做不少临时起意的事——比方说冲进银行去捞一票。

二十六日，黄河北岸鹊山一带日军也自泺口渡河，孙桐萱部队突然又接到已经远走高飞的韩复榘一道电文，命令"从速弃守，向南挺进"。第二天，国军就像是蒸发掉了一样，新兵老兵全没了踪影。根据我六大爷的转述，当时我二大爷和拐腿老四把大门里外都封上板子，三进北屋窗上缝了厚厚的几层棉布，大宅靠西边马路的外墙根儿里浇上几桶煤油，焚了一阵，假做这宅子已经荒圮了多时的模样。我二大爷同那拐腿老四打算着：成天价就待在北屋里走棋吧。怕出声儿，棋盘画在被窝上，当间儿还一本正经写着"楚河汉界"字样。不料到了二十八日下午，有人从东屋后侧院外头的矮墙攀爬进来，矬摸了两圈儿，先逮住拐腿老四，差一点儿连那条好腿也打折了。来人可有五六个，又抢进黑乎乎的屋里，拽出我二大爷，我二大爷瞪眼一看，喊了声："马群空！"来者领袖竟是那个被我三大爷一圈儿牌赢去了两百多块钱的纨袴。此人名唤子骥，字群空，有个堂叔叫马良，在山东是老一辈儿里相当知名的军阀。

马群空一见是我二大爷，登时乐了，道："我给你逮住个蟊贼！看你怎么谢我？""那是咱本家哥哥，章丘出身，在家里干长工的，怎么成了贼了呢？"关于这个误会，拐腿四哥一时没说什么，日后马群空可是要后悔的。然而在当下，马群空意气风发之余，连道个歉都忘了，抢忙跟我二大爷说起大事来：马良，以及一位老士绅叫何素朴的，已经组织起来一个民团，准备正式迎接日军入城了。听老人们提起，早些年"柴月老"还在的时节，曾经同西关朝阳街张家的十爷组织过维持会。"十爷不是你爹么？"马群空接着道，"今回儿再成立一个，还是得仰仗十爷。我说咱俩是哥们儿，张家的事儿就是我的事儿——包在我身上，我同蔚京说去。"我二大爷眨巴眨巴眼，用他那极为诚挚的、义形于色的表情道："这事儿太要紧了！太要紧了！""十爷他老人家呢？""可惜俺爹赶不上啊！"我二大爷揉了揉鼻子、挤了挤眼，还当真滚落了成串成串的泪珠儿，几至于泣不成声地说："俺爹在章丘发痧，死啦！"马群空道了两句节哀，眼见没什么别的好应酬，手一招、头一扭，走了。

我二大爷回身对拐腿四哥叹了口气，道："咱俩走不成棋了。"拐腿四哥接道："俺得跑一趟章丘？""话怎么说，你会不？"拐腿四哥搔抓了两下后脑勺子，道："爷要是问起来你怎么对付的，就难了点儿。"我二大爷点点头，想了老半天，才道："事急从权，你就说大实话吧。"

这一个小小的风波，似乎让我二大爷在家族里重新有了颜面、得了光彩。我爷爷免于再次受辱却也只是暂时的。他毕竟没有真正死掉，这世界上还有不少人物和事物在等着他。比方说，钱宝森以及鸦片烟。据我六大爷亲眼所见，拐腿四哥一踮一跛来到旧军镇，颤颤巍巍道出我二大爷应对的实情之际，我爷爷丝毫没有显露出因为犯了什么生死忌讳而愤怒的样子。他缓缓地、深深地点着头，过了好一会儿，又点了几下，最后说："这个蔚京，会说！"那两天，济南市维持会成立，马良担任会长，朱桂山任副会长。两个月之后山东省公署成立，马良出任省长，朱桂山任济南市市长，维持会撤销。

日军占领济南的第三天，日军特务机关长中野召集济南成记、成丰、惠丰、华庆、实丰等各大面粉厂厂主开会，另外还通知了成通、成大、仁丰各纱厂以及我爷爷主事的鼎裕、鼎瑞、裕记这些盐店的经理。会中宣布对各厂店将实行军管，由三菱、三井等日本洋行派人到各厂店先行查封。

整整一个月过去，到一九三八年一月二十四日，古历腊月二十三，灶王爷升天。日军接管了仁丰纱厂和鼎瑞盐店的那一天，我父亲也是翻墙溜进朝阳街祖家的大门。我二大爷正蹲在东屋檐下撬石板，抬头看了我父亲一眼，又垂下糊满了眼泪鼻涕的脸去，道："要不是俺给你求情，你就算跑出千里地去，也要叫爹给搋死！"

我父亲不说话，蹲下来看着他二哥手上的一根长铁条，直往沟下游掏弄，仿佛是那眼睛看不见而铁条够得着的所在叫什么东西给堵住了，非那么折腾不可。捅了半晌，烟瘾激出来的鼻涕眼泪甩了一地，可沟水仍旧不通，就再往下撬起另一块石板。看光景，这院儿里有一多半石铺板子就是为了这缘故才给撅起来的。可除了石板初初翻开之际还咕噜咕噜地朝上冒几个水泡之外，沟水一径是淤的。我父亲观察了好一会儿，才道："是外边儿堵住了。"

"外边儿的事俺管不着。"我二大爷又瞄了我父亲一眼，道，"不及七爷你的本事。"

"你话里还有话，二哥。"我父亲站起来，两个巴掌叉在腰眼儿上。

"怎么着？外头拜了'老爷子'，进得门来挤搭自家弟兄啦？"我二大爷也站起来，刻意挺直腰杆儿，仍比我父亲矮了半头，但是他知道，这傻大个儿从来没有揍人的勇气，于是又比起大拇哥，呛了几句："瞧咱张七爷入了'庵清'了，在人家钱宝森钱老爷子跟前当差了，可给咱们张家门儿露脸了，是个这个了——"

我二大爷右手的大拇哥从那一刻起向旁边翻转了九十度，再也没回复原先的位置。抗战胜利之后，他仍旧处于失业状态，盘了几座当时称之为"红炉"——也就是高温锅炉——之类的庞然巨物来，杵在大门里的空院儿之中，开了一爿名唤"万盛"的铁工厂，注册商标就是一个竖起大拇哥的右拳头。那一回，是我父亲生平第一次对人动手。日后回忆起这一节来，他总会痛哭流涕——像是他所描述的那些大烟鬼一样。对幼年时的我而言，山东祖家在各种所谓"大时代"的摧残之下所经历的一切，都像是鸦片一般的玩意儿，让我父亲耽溺其间，歌之哭之、咏之叹之，反复不觉厌腻。我对这一段一向不是太有兴趣，可是不讲这一段，他总不会跳到那张写了"信守"二字的帖子上；那是他入帮的凭证。

我往何处去

山东"庵清"据说有八帮半，居然有老爷子开大香堂接引我父亲入帮，这事不太寻常。入帮，在我父亲而言，只有一个动机，那就是可以有新鲜见闻回家来说与我奶奶听了。这里有一种非常奇诡的对应关系：他以及愿意吸收他的秘密组织，其实都是为了把对方张扬出去而相互接纳的。

"庵清"那帖子面上写着"信守"二字，帖式是对开两折，右页当央端端正正黑墨正楷写着"敬拜□老师门下"，"拜"字和"老"字之间想当然尔是一个人名儿，却刻意用那同帖子近乎一色的红纸片儿贴掩了起来，在这掩去的名字右边，另写着三个看来像是姓氏之类的字，左边则注明"自心情愿"四字，左页稍低处写着"□字辈门生张启京谨具"，再左边还有两行"引见师□□□押"、"点传师□□□押"——□处仍用红纸封住，"师"、"押"之间也各贴着小条红纸，想来底下原本也写着人名儿。

我父亲把这张帖子从一口樟木箱子里翻捡出来，亮给我看，是有用意的。当时我才刚进高中，加入了一个叫"自强自卫社"的社团，随着二、三年级的学长练"勤拳"和"一步八极拳"。这个社团人事整秩，规章严明，社长以下的一级干部还自成一个隐秘的兄弟会，尊奉另一位武艺高强的学长为"师傅"。我等新进成员若是跟着喊"师傅"，还要招斥责——因为我们尚未经过磕头拜师的程序，不算"入门"，叫"师傅"便是逾越礼数。

我问过那"师傅"："那我们该叫你什么？""叫我'雪新信'。"雪新信的确就是他的名字，叫他"雪新信"，算是同他平起平坐了。然而，在那样一种社团的气氛里，你偏偏就是想加入那喊"师傅"的行列，成为"自强自卫社"真正的核心。这个想跟人磕头的执念扰祟了我好几个月，我每天勤蹲马步、拉腿筋儿，见路边有水泥模板就拖回家来，非悬在后巷里踢碎了不肯罢休。我父亲问我："好好儿的，怎么又跟块板子过不去了？"我说："练不好不能入门，你不懂。""入谁家的门？"我想了想，应该是十分之不耐烦地向他说明了那个小小的心愿。我父亲听罢，也想了想，打开了那个樟木箱子。

他花了很长的时间向我解释：一个单独的个人加入一个众人共有的社会，其实是非常之无奈而危险的事。所有聚合众人而形成的组织——一个帮、一个会、一个坛、一个门，甚而至于一个国，其中成员彼此称兄弟、称友朋、称道亲、称教友，甚而至于称同胞，其义理情谊莫非一致：就是当一个人成为某群体的一分子之后，他就要学会种种方法，把自己看得不够大、不够完整、不够重要——总之是一种相对的渺而小之、不足观也。只有在这种自卑自微的觉悟之下，成员之间才更能彼此珍重、互相扶持。然而，这只是一个说法，现实中的众人组织却不是这个样子的。我推测当时父亲如此不厌其烦地向我述说他投入庵清门下的经过，其实是要警告我："把自己看小"这种事影响深远。

那一次为收我父亲入会，济南府在地的"庵清"开了一次香堂。据说是由西门里鞭指巷一个姓赵的绍介，姓赵的便是我父亲的"引见师"，由他再撺掇着另一个姓胡的担任"点传师"，让我父亲成了道道地地的"庵清光棍"。至于那位本师"老爷子"，不是别人，正是钱宝森。

"老爷子"开香堂收徒，多拣择荒圮僻静的庙宇或祠堂，略事布置，堂中高处供奉着罗祖神像，底下再陈列翁、钱、潘三位师祖的神位，各设香烛。桌前则另外放置着五束或九束用红纸包裹的线香，称"包头香"。到场的，除了本师、点传师和引见师之外，还有在地的同参兄弟和少部分打从外地来捧人场的庵清。

一般开这纳徒香堂，叫"大香堂"，总以人多势众、热闹喧腾为要。"老爷子"在东侧上首坐定之后，新入帮的"空子"由引见师带领，来至罗祖和三祖案前，先各磕三个头，再向"老爷子"以及所有在场已入帮的"光棍"每人各磕三个。场面够大的话，这一趟磕下来，可以磕到上千个头的。磕完了头，就是"解香"，由司香的管事将"包头香"上的红纸撕开，每丁分发一支点燃，一时燎烟熏雾，弥漫四合。此时赞礼的便忽然抽冷子以极其严峻而凄厉的嗓子喊声："跪——！"众人随声跪倒，"解香"的步骤就算过去了。接着是"净口"。原先司烛的这时紧接着捧来一个盛满了清水的铜盆，令跪着的"空子"们依序呷一口、漱一回、朝天地噀了。再接下来，就是"老爷子"开示了。

我父亲入帮的香堂却十分反常。那一天到场的"前人"极少——从头至尾一趟头磕将下来，他暗自算算，才磕了八十一个。"包头香"共五束，由于只有他一人入帮，所以五束香都算他的，抓在手里一大把，熏得他涕泗纵横。净了口之后，钱宝森居然从座位上走下来，捧起我父亲的手臂，上下端详了一阵，回头跟不知什么人说了句："这孩子狮鼻牛眼儿，是个奇古之相。"

之后，照说还会有一套例行的盘诘教诲。"老爷子"应该先问："你是自愿入帮，还是有人撺掇你来的？"答话的就接着说："弟子自心情愿入帮。"再问："入帮并无好处，你可知晓？"再答："弟子甘受约束，誓守规矩。""老爷子"这时就会递上一本载明帮规、传承、切口、各式盘答用语，称之为"海底"的折页小册，再问："若是违犯了帮规，就要家法处置，这你也知道么？"此时那"空子"一点头，说声"知道"，那么他就不再是"空子"，而是"光棍"了。

我父亲在赵、胡二师的调教之下，原本已经准备好应答的言语，孰料那钱宝森掉回头来，盯住他的眸子，猛地问道："你入帮是为的啥？"我父亲没提防这一问，硬着头皮依原先练习的答了："弟子自心情愿入帮。"

"问你入帮是为的啥？"钱宝森的语气显然益发地严厉了。

我父亲索性将心一横，道："俺娘想知道'庵清'到底是个啥。"

如此一说，满堂哗然，众人纷纷站起来，三两步围拢近前，钱宝森的一张脸却松下来，鼻翘两边儿的法令纹一扬，嘴一咧，笑道："是十奶奶打发你来的啊！"

"是俺自个儿要来的。"

钱宝森点点头，道："你是老几啊？"

"弟子行七。"

"多大岁数啦？"

"十七。"

就这么着，一个"老爷子"，一个还悬在半空之中的"光棍"，站在那祠堂正厅门口，闲话了好一会儿，众人没见过这个阵仗，只能垂手肃立地等着。等钱宝森把我父亲盘问完了，像是忽然想起什么来似的才从袍子里掏出那"海底"来，随手交给我父亲，也没问那两句最要紧的："若是违犯了帮规，就要家法处置，这你也知道么？"他说的竟然是："家去见了老奶奶、十奶奶，替俺捎个好儿，就说历城钱宝森叩首叩首。"当天我父亲送那引见师赵某回鞭指巷，赵某一路之上大惑不解地自言自语："这算个啥呢？""搞底儿是怎么回子事儿呢？"临别之时，赵某反倒对我父亲拱了拱手。

这件事里头藏着个秘密，但是当时祖家没有人在意，谜底要等到我曾祖母——也就是钱宝森口中称的"老奶奶"——过世的那天，才意外地揭晓。而我父亲并不认为加入一个帮会是什么大了不起的事，只忙不迭地把"海底"捧了去给我奶奶把玩。那"海底"和一部《醒世姻缘传》、一部《今古奇观》一直是我奶奶爱不释手的读物——只不过"海底"始终藏在我父亲的房里，绝对不能让我爷爷看见。许多年过去了，每到古历八月二十二、三月二十一这两天（我奶奶的冥诞和忌日）上，家里总要上供，香烛鲜花素果时鲜之余，三十三转的老唱盘上放着《四郎探母》或《古城会》，这三本书也会摆在一边。我曾经指着那"海底"问过我父亲："那是什么书？"我父亲说："胡扯八蛋。""那奶奶为什么喜欢看？""人都喜欢胡扯八蛋。"

闲言闲语传播的速度惊人，我二大爷从临清解职回家不过是五六天以后的事，显然"张家老七成了钱宝森的及门弟子"这件事早已经风闻于百里之外了。之于我爷爷，其难堪可知。但是我父亲被厨子朱伙计连哄带架地逼走堤口庄，虽说是无意间避过一场极可能会丢失性命的浩劫，但是没能和父母兄长以及两个妹妹共赴家难，大约很让他感觉尴尬和羞愧。就我所见而言，一到上着供的日子，他就会搬把小板凳儿，矮着半截身子坐在供桌旁边，在奶奶的牌位前斟上一杯，再替自己斟上一杯；先把自己那杯喝了，再把我奶奶那杯也喝了。开口总是这样说："娘！我回来了。"有时，他的"回来",指的是当天从外面回家来。有时,那"回来"则是直接跨越了数十年时空的阻隔——也许还包括折断我二大爷的大拇哥的那一个当下——进入我奶奶生前那个越来越残败的祖家。

祖家之于你,我的孩子,原本是莫须有之物;即便之于我,也应该是这样的。我无法鼓励你对一座全然陌生的宅邸孕育真挚的情感,也无法说服你对一段早已消逝的历史滋生纯粹的好奇。即使当我在不断拼凑着这些原本遥远而寂灭的人生残片之时,也经常发出断想的喟叹:我要把你带到哪里去?就像我从来不知道我的曾祖母、我奶奶、我父亲、母亲和六大爷,甚至到现在还经常和我通电话的二姑……他们又要经由一则一则关于家族的记忆,把我带到哪里去一样。我在二十四岁那年提出了这样的质疑。

那是一九八二年十二月二十七日,古历壬戌年腊月十三,我父亲六十整寿的深夜,我醉趴在自己房间的床上,歪过头朝一旁的垃圾桶呕吐。我母亲已经低声但坚定地宣布:今天她不收拾桌椅、清洗碗筷了:"赶你爷儿俩几时醒了几时拾掇去!"父亲大约是百无聊赖,在不知什么时候踅进我房里来,侧坐在床边,拍着我的背,自己也打着酒嗝儿。

"爸爸今天六十了,你喝醉了,爸爸很高兴!"我父亲说得很慢,一个字、一个字,像是生怕说囫囵了显露出醉态来:"嘻!没想到哇,我也活到六十了——跟你奶奶过世的时候一个岁数了。"

"你可不可以不要再说那些老家的事了,听起来很烦呐——走开啦！"我继续吐着。

他忽然沉默下来。在黑暗之中，依旧是天旋着、地转着、肚子里的热气涌动闹祟着，我只能听见他极力想要忍住酒嗝儿而加深拉长的喘息声。我背上的手继续以一种索然无趣的意绪拍了好几下，停了停，又拍几下，最后床垫一轻，他走了。临到门边儿的时候，他忽然用那种京剧里的老生韵白叹念道：

"走、走、走——唉！我——往何——处去呢？"

第七章　土地测量员

折断了我二大爷一根手指头的那天，我父亲翻墙回家，其实另有目的。他想要碰碰运气，看能不能撞见个要上章丘去的底下人，悄悄跟我奶奶捎个口信儿：他准备上齐东去碰碰运气，找个差事做做，就要去展开新生活了。这段经历颇为周折，得从头说起。

原来堤口庄看坟老郭家有个寄养孩子，姓滕叫文泽，此子之母是个大脚村姑，别无所长，经老郭引荐，到祖家当老妈子，是为滕妈。滕文泽这孩子有个毛病：一进了深宅大院，就腿肚子转筋儿、翻白眼、流唾沫、犯咳嗽，什么毛病都上来了。滕妈也就不勉强他跟着，还安置在老郭家牧马放牛。

这孩子跟着老郭的俩儿子一块儿念过三年义塾，塾师就是从我祖家辞聘而去的那位周夫子。滕文泽打从四五岁起就能够与犊牛角牴为戏，成就了一身蛮力，而且饭量奇大，一顿可以吃半脸盆的面条，吃罢一顿，肚子鼓凸起来，可比一头小犊子，得拿根擀面棍儿将半天才抻得平。周夫子懂一点风鉴之数，看出他的奇傀之处，经常趁着课余闲暇，陪着他一起到庄外琵琶山放牧牛驴骡马，顺道教他背诵一些古文。

这些文字的片段，滕文泽直到将近六十年后还能记忆复诵，彼时是一九八八年四月十九日，他的两排牙齿豁了大半，吃任何东西都只能靠牙龈搓揉，面条却还可以吸食一海碗，背诵起周夫子的训诲来仍然很利索。

在北京东四前拐棒胡同、我二姑居家之处的屋檐底下，他初与我见面的第一句话是："你不及你爸爸的块儿头大啊！"第二句话是："你爸爸教你背《蒙求》了吗？"稍晚吃着那一海碗面条的时候，滕文泽背诵起《蒙求》里的文字，怕我听不明白，还借了我二姑父随身的自来水笔，恭恭谨谨、抖抖颤颤地誊写在当天那张日历纸的背面。可谓波磔点划、备极艰辛的几句了："魏储南馆，汉相东阁。楚元置醴，陈蕃下榻。广利泉涌，王霸冰合。孔融坐满，郑崇门杂。张堪折辕，周镇漏船。郭伋竹马，刘宽蒲鞭。许史侯盛，韦平相延。雍伯种玉，黄寻飞钱。"

除了《蒙求》之外，周夫子对滕文泽最有用的一个告诫则纯粹肇因于某一次意外的天灾。根据我后来比对各方的叙述，这场天灾发生于一九三一年夏季，我父亲追花落河之后不久，我五大爷被大门门槛绊了一跤，昏睡数日，醒过来说他老梦见踢球。"五三惨案"已经隐匿到大多数济南人记忆的角落里去，国民党对共产党发动的第二、第三次围剿行动显然也静悄悄地失败了,"九一八事变"尚未爆发,噩梦还埋在沉默的黑夜之中。

如果四万万三千万中国人都能同时关心着什么,顶多就是在东北的长春,有个叫李升薰的朝鲜移民向一个中国商人租了一块山坡之后,仗着日本驻长春领事馆撑腰,利用地利之便,擅自占据田亩、修筑堤坝,拦截水源。据说为了帮助李升薰顺利筑坝,日本领事还发动了所部警力,射杀了三个中国农民,枪伤了几十个,逮捕了十余名"抗议分子"。这件事,史称"万宝山事件"——老郭自己的大舅子既挨了枪子儿,又遭到逮捕,不知道该算在哪一落里。事件过后不久,老郭从长春赶回来,还没来得及跟我爷爷叙述经过,老天爷倒先提出了他对世局的看法。

那一日傍晚,周夫子和滕文泽师徒俩跟随着牛马的蹄步回庄上,猛里起了一阵大风,自东徂南、再由南而西,兜头向北绕了一大圈儿,最后又扫回东边来。与寻常的风大大不同,这风——据滕文泽亲口形容——是"看得见"的,直溜溜一根底儿细头儿粗、仿佛楔子一般的"黑风钻",先打从云垛子里抖落下来,复径自沿着落势盘旋而上,像是要追着钻回那云垛子里去一般,乌云偏不让它钻回,左右晃荡、闪躲,这"黑风钻"便死命追随攀附,顾得了上一端,却顾不了下一端,当间儿扭腰摆臀之势就益发地猛烈了。

"夥——颐!"滕文泽模拟着当日情景,说那风,简直就是昔年洪太尉在龙虎山伏魔殿放走一百单八个星君的态势，要是欺近眼前二十丈，则二十丈之外便什么也看不清了；一旦欺近眼前十丈，则十丈之内便什么也看不清了。但觉有千钧之力拽着人要走。这滕文泽既是仗着蛮力过人，也当真不知天高地厚，将周夫子按在地下用脚踏了，两手撑抱住路边一方巨石，凭那风势所迫，来东走南、来南走西、来西走北，总之就是绕石避转。转开一尺半尺，再拖过周夫子来，踏严实了，师徒俩觑睐着眼盯住那"黑风钻"，就这么东南西北绕着琵琶山转悠一圈儿之后，居然又叫那乌云垛子给收了回去，一缩尾，腾上了天庭。

俩人这时再一放眼四顾，可了不得了：方才光顾着看热闹，没留神把一匹平日用来拉车的老马给走失了。周夫子和滕文泽山前山后寻了两圈儿，连个蹄印儿都没寻着——当然寻不着了，这马，兴许是叫那一阵黑风给刮上天去了也未可知。

有周夫子作人证，老郭家当然不好责备什么，跟我爷爷回报，愿意认赔。除了带口信儿，还附上周夫子亲笔写的一首诗："堪怜老骥甘伏枥，不敌扶摇万里风。始叹云泥相隔远，宁知蹋咏竟成空。失群福祸轻胡马，折髀悲欢问塞翁。保尔残躯何所见？琵琶岭下夕阳红。"我爷爷说：冲着周夫子这首诗，马丢了就丢了，老郭家也不必赔了。

可这首诗从未在我家族传承的文献之中出现过，连我六大爷的《家史漫谈》里也付之阙如。但是滕文泽背了下来，近六十年之后抄录在那张日历纸上——只有一个可能的错字,就是折"髀",抄成了折"臂",与《淮南子·人间训》上塞翁失马的原典不合,我自作主张改了过来。没有名讳得以传世的周夫子终于留下了一篇作品。有趣的是,这首诗是用那匹被"黑风钻"卷上天去的老马的观点写的。后半段则运用了"塞翁失马焉知非福"的故事,另外还隐藏着他对这世界的一个观察。

胡马依北风

胡马。在原来的故事里,塞翁那匹走失的马跑出长城之外。人们都说可惜,惟有塞翁自己认为这不一定是坏事。几个月之后,那马果然带回来一群胡地野生的骏马。人们前来道贺,塞翁又认为这不一定是好事。结果塞翁的儿子骑马摔断了大腿骨,看来又是一祸,可是过了一年,胡人入塞,少年丁壮之人不得不控弦持兵而战,死者十之八九,这跛足少年却得以免役而逃过一劫。但是在周夫子的诗里,"失群福祸轻胡马,折髀悲欢问塞翁"的句子,一方面当然不免有拿塞翁的洞明练达来期许和恭维我爷爷的意思,另一方面,却隐隐约约在点出:非但福、祸是循环连属的,就连是非也是绵延倚伏的。看起来这是普遍的中国人在无能以细腻的分析理性个别解决事物因果问题时所发明出来的一套感悟形式,老生常谈罢了。但是周夫子对滕文泽的教训还多了一点点。他把诗句另抄了一份给这孩子，教他背过，告诉他："这'黑风钻'是天示异警，十年之内，琵琶山下要有大祸，你要避一避，避得越远越好。"

整整六年以后，滕文泽结交了我父亲。我在二姑家的饭桌上听到滕文泽这个版本的缔交经过，不觉替他们推想起来：在更早的孩提之时，每逢清明时节，他们总应该碰面的吧？我父亲跟着亲长上坟扫墓，滕文泽算是老郭家的使唤孩子，备办香烛，侍奉车马，决计少不了，应该早就是一同嬉戏友伴了，这是想当然耳。事实上，这两个同龄的孩子年幼时是不是在一起玩儿过？问到这一点上，滕文泽也说，应该是有的。但是，早就没有什么印象了。令他难忘的是俩人都已经成为十七岁的少年的那一回，我父亲叫朱伙计给搡进老郭家屋门的时候，脑门子险些碰上低矮的门框。屋里传出一串宏亮的笑声，道："七爷碰垮了这房，俺又得睡坟地去了。"

"你是滕妈的儿吧？"我父亲看着他，笑说，"是文泽哥么？"

"七爷。"滕文泽虾腰打了个千儿。

我父亲闪身避开，道："来这套，咱们就交不上朋友了。"

滕文泽说到这个节骨眼儿上，突然开始掩面哭泣，我二姑给他递手纸，我表姐为他拧毛巾，我向他敬酒，他都不理，一劲儿只是哭。好容易哭罢了，抓起酒盅干了，拈起手纸鼻涕擤了，捧过毛巾又擦下一脸泪,勉强挤出一抹笑容来,倒显着自嘲的意思居多:"周夫子生前教我背过一首诗,可惜我脑子不好,只会一半儿,说是:'行行重行行,与君生别离。相去万余里,各在天一涯。道路阻且长,会面安可知。胡马依北风,越鸟巢南枝。'我学到这一句上,周夫子就死了。后来我就想啊,我同你爸爸,一个是胡马,一个是越鸟,天南地北,两地分别,也见不着面,看来就是这个意思吧!"

关于"胡马"和"越鸟",原诗说的是这两个物种在远方落脚之时,仍旧会对故乡所住之地保留某种生物的依附习性。看在诗人的眼中,那是眷恋之情,因而解释成怀念故乡的行为。滕文泽当然说错了。但是当时在场的人都没有心思去指正这个对于古诗用典的误解。我二姑父朝我挤眨挤眨眼,什么话也没再说,踅进书房去了。我二姑声声劝道:"七哥的儿来看您了,别尽着哭啊!"我则热切盼望他能为我补述那些我父亲没说清楚的生活细节。有趣的是,他就停在那里。

我问:"那后来呢?"

"后来我和你爸爸就成了朋友了。"

"多说一点吧,滕伯伯,那么后来呢?"

滕文泽再擦把脸,又干了一杯,摇了摇头,把话绕回去,说他和我父亲都才只有十七岁那年,我父亲逃家到堤口庄,一进屋差点儿碰了脑门子,他则正蹲在屋里编笊篱,说:"七爷碰垮了这房,俺又得睡坟地去了。""你是滕妈的儿吧?"我父亲看着他,笑说,

"是文泽哥么？""七爷。"滕文泽虾腰打了个千儿。我父亲闪身避开，道："来这套，咱们就交不上朋友了。"

我所能够多听到的，只有一只手编的笊篱。对于滕文泽而言，一段深厚的交情之中最值得回味的部分，似乎并不是我所期待的那种赠衣绝粮、舍命全交的伟大事迹，而是我父亲闪身避开他那一礼的刹那。仿佛从那个刹那起，滕文泽和我父亲已经决定了这段友谊在日后发展的一切品质。我甚至开始相信，动人的友谊很可能总有这样一个看似微不足道的部分，始能触发、始能酝酿、始能滋长。而能够让滕文泽说出这一个部分来，也许并不容易。这天晚上，他反复说了三回。而我也大胆揣测，在过往的半个多世纪里，每当滕文泽沉浸在回忆之中，觉得自己像"胡马"，而我父亲像"越鸟"的时刻，这个微不足道的部分就会启动，让他确认自己曾经拥有过的一点尊严。

我二姑父欧阳中石——一位被誉为国宝的书法家——这时从书房里走出来，手里握着一卷白宣纸，到餐桌前抖开，说是送给滕文泽的，上面写着那古诗十九首之一《行行重行行》，当然，是一整首——包括滕文泽还没来得及背过的下半段儿：

相去日已远，衣带日以缓。浮云蔽白日，游子不顾返。
思君令人老，岁月忽已晚。弃捐勿复道，努力加餐饭。

从济南祖家以及北京姑家回到台北之后，我同父亲提起滕文泽反复回忆起的这一节往事，父亲说："人老了，能记的事儿都透着些怪气——他没说咱俩改名字的事儿么？那么，拉着我去学测量的事儿说了么？扛大缸的事儿说了么？"

老人略微透着些不常见的急迫，他自己早就讲过的故事，此际并非挂虑我没听说，却是惶恐着他的老朋友不记得了。或许他自己也猛然察觉，缓过神色来，像是跟自己说："不急，不急。人不等事儿，事儿等人，咱们慢慢儿说。"

打动

我仍旧是孩子的那时候坐在父亲的膝头听讲《三国演义》、《西游记》、《水浒传》、《西厢记》、《儿女英雄传》、《精忠岳传》和一部分的《聊斋志异》。我也想这么做，跟你说这些故事。我做得到吗？长久以来，我一直相信，倘若不能像我父亲一样，跟孩子每天说一晚上足以让他在梦中回味的故事，就不算尽到了做父亲的义务。但是，我做得到吗？我父亲之前的世代所述说的能够唤起我强烈兴趣的故事，同样能够打动你吗？什么叫打动？我自己有一个秘密的标准，与我听故事的经验有关。

让我们先回到我听故事的那个现场去。

彼时，每天晚饭过后不久（通常总是在令我意外而惊喜的时刻），我父亲朝书橱走去，假作找不着那本昨天没说完的故事，说："怪哉！怪哉！书呢？"或者是："关云长哪里去了？""孙悟空哪里去了？""武松哪里去了？"有时还会指着书问我："你看见崔莺莺小姐么？""十三妹躲起来了怎么办？"这样的玩笑拖延得够长，有时会令我急得发脾气，父亲便故作认真地向斗室里的空气喊一声那角色的名字，接着说："原来你还在昨儿晚上哪！——昨儿说到哪里咧？"我有时记得，有时记不得，记得的时候就说，记不得的时候就抢过书来找他前一晚折角的地方。这一套游戏使一个只有三个人、十几坪大的眷舍显得很拥挤，我们总像接纳许多客人似的迎接那故事里的角色进门。

　　"话说——"父亲翻着了折角之处，拿食指沾沾唾沫，前后翻看一阵，道："不急，不急。人不等事儿事儿等人，咱们慢慢儿说。"

　　我从来不知道每天的故事要花上多久的时间述说。也许一个钟头，也许两个钟头。说着说着，我的视觉会起一些变化，眼里的父亲会变小、变远，逐渐退到我感觉遥不可及的地方去——日后倒持着望远镜筒之际，曾经体会过差堪比拟的影像感，而我从来不知道那是什么缘故——这种时刻我常会分心，忍不住伸手去抓父亲的眼镜。我母亲通常会在这个时候说："他累了，明天再说吧。"我父亲就会说："阿斗还在赵子龙的护心宝镜里呢，等明天不就闷坏啦？"或者："那不成，唐僧还在锅里煮着呢，到明天就焖熟了。"

即便如此，从无例外的是每天总会说到"欲知后事如何，且听下回分解——"，每说到这两句，说书的就要休息了，场子就要散了，故事里的人物就要像石块或盐柱一般凝固在合掩起来的书页里了。我母亲经常等不到"欲知后事如何，且听下回分解——"，就歪坐在藤椅里睡着。而我，一旦被那故事打动，总会吵着说："那就讲下回。"我父亲一向不通融，说："今日事，今日毕，闲话说多又何益？"印象之中，除了我刚上小学的那天晚上，父亲曾经破例开恩，在说完《水浒传》首回之后，忽然话锋一转，道："今天庆祝你头一天上小学了，跟你讲个两回吧。"

被打动的读者会怎样呢？他们仍嫌不够。故事是应该怎么说也说不完的，故事也不应该总是听人家说起的，故事该由自己想象、自己编织、自己创造。对于封闭在"且听下回分解"的禁制令前、意犹未足的读者来说，似乎只有在阒暗的夜色中将就着已经听过的人、听过的事，重新虚拟打造，搓捻出新鲜妄诞而错乱荒谬的情节，成为梦的序曲。

错误

我所从事的是一个画梦的行业。日后你也许会比划着小手模仿我工作的模样，甚至学会"写稿"、"交稿"这一类的语汇。不过，这不是我跟你说故事，或者是鼓励你说故事的目的。故事总是一步一步、一句一句将我们带向未知的远方，经常使人迷路。在故事里的每一个片刻，最迫切的危险总是这样:我们贪恋眼前的风景，忘记行前的目的——就像现在，我们已经来到我父亲的膝头，几乎忘记了先前我父亲找着了他生平第一件差事的原委。

但是，故事也经常在考验我们的耐心和勇气，让我们在面对歧途之际有那耽溺于迷惘、困惑的能力。重回祖家之前，且容我再说一个我父亲说故事的时候所犯的错误。

那是在我念小学之后的第二天吧，《水浒传》进行到"鲁提辖拳打镇关西"的段子。"提辖"是个官名，这人原名鲁达，一上场就吸引了我。此人"头裹麻罗万字头巾，脑后两个太原府扭丝金环，上穿一领鹦哥绿纻丝战袍，腰系一条文武双股鸭青绦，鹰爪皮四缝干黄靴;生得面圆耳大,鼻直口方,腮边一部络腮胡须,身长八尺,腰阔十围"。只为替一对受欺侮的卖唱父女打抱不平，鲁达三拳打死了一个外号人称"镇关西"的郑屠户。

我父亲似乎并不认为《水浒传》原书的暴力描写对孩子有什么不合适，他先仔细地描述了这个叫鲁达的大汉如何戏弄那屠户:他要求屠户切十斤精肉，切成臊子，要不见半点肥的在上面。又要屠户再切十斤实膘的肥肉，也细细地切做臊子，半点瘦的不要。之后，还要十斤"寸金软骨"，细细地切做臊子，不要见一点肉在上面。

接着，"郑屠笑道：'却不是特地来消遣我。'鲁达听得，跳起身来，拿着那两包臊子在手，睁着眼，看着郑屠道：'洒（按：这个字要念'甩'）家特地要消遣你！'把两包臊子劈面打将去，却似下了一阵的肉雨"。那三拳打落，分别有三段既恐怖又漂亮的形容，我是一定要转述给你听的：

只一拳，正打在鼻子上，打得鲜血迸流，鼻子歪在半边，却便似开了个油酱铺——咸的、酸的、辣的，一发都滚出来。郑屠挣不起来，那把尖刀也丢在一边，口里只叫："打得好！"鲁达骂道："直娘贼！还敢应口？"提起拳头来就眼眶际眉梢只一拳，打得眼棱缝裂，乌珠迸出，也似开了个彩帛铺的——红的、黑的、绛的都绽将出来。两边看的人惧怕鲁提辖，谁敢向前来劝？郑屠当不过，讨饶。鲁达喝道："咄！你是个破落户的！若只和俺硬到底，洒家倒饶了你！你如今对俺讨饶，洒家偏不饶你！"又只一拳，太阳上正着，却似做了一个全堂水陆道场——磬儿、钹儿、铙儿，一齐响。鲁达看时，只见郑屠挺在地上，口里只有出的气，没了入的气，动弹不得。

称得上是某种最初的体验——切肤的暴力、鲜活的隐喻以及强烈反复回荡的诗意。然而转述这故事的片段只是闲花野草般使人目眩神驰的风景,我的正题是:父亲说到这一段之后出了一个错。接下来他再提到鲁提辖这个狂暴之人,嘴巴里吐出来的名字变成了"滕达"。我在他说到"滕达"不识字、跟着一群人在街头看一张榜贴着要悬赏捉拿他的告示的时候,忍不住问道:"'滕达'是谁?""唉哟哟——说错了,"我父亲赧然地说,"是'鲁达'!"

自己的名字

　　我们的名字多非自己所能决定。像我的六位大爷(除了夭折的老四之外,几乎每人都有三个名字。老大汉京,又名广生,字西侯;老二蔚京,又名广为,字霁南;老三荟京,又名广来,字华叔;老五万京,又名广行,字步倩;老六同京,又名广同,字鲁生。既为兄弟,个别的名与名、字与字之间,有些具备意义上的关联,以表示同在一类、同属一种性质,或许命名的习惯里隐藏着以此凝聚一堂情感的想望。照我父亲的说法:"名字跟钱不一样,多了你用不了。"他自己也有好几个名字:启京、广金、东侯,但是他仍旧给自己起了一个新的,叫张迣。

　　滕达与张迣这两个名字都来自《水浒传》,这两个十七岁的少年经由改名而化身成书中的"鲁达"和"李逵"。开始这么做的时候,只不过是个游戏,日后他们才知道,有时更改名字是为了新生。

之所以依附于"鲁达"，自然是因为滕文泽的确有一身惊人的气力。之所以比拟于"李逵"，我父亲不只一次地解释过："这人生得傻大粗黑，脾气硬倔，可是孝顺他母亲，这很要紧。"我记得他说到《水浒传》"黑旋风沂岭杀四虎"，李逵要背着老娘往山寨去过快活日子，可路上那老娘渴了，李逵去找水喝，不意老娘却为猛虎叼去。李逵才拔下一座野庙门口的石香炉，准备洗净了盛水，我父亲忽然摇着头，叹着气，道："不行不行，这一段说不下去了，说不下去了。"过了好一阵，才勉强笑着逗我："后来那老母亲给老虎叼走了，李逵一气之下，就把一窝子老虎统统杀光，就完事儿了。"

为自己命名的事其实也缺乏具体的细节，从两位当事人各自的回忆拼凑着看，应该就是在命名之日的第二天或第三天，一个令人料想不到的好消息传回堤口庄，说十太爷、十奶奶一家，除了二爷留宅看顾之外，上上下下、老老小小都平安到了章丘二姑奶奶的娘家——算算日子，这已经是将近半个月之前的事了。我父亲原本想直接上章丘去同父母会合，那就自然要向好友告别。滕文泽却向我父亲提出了另一个建议。

原先有一个叫"东震堂"的组织，在乾清光绪年间发迹于山东西南部的曹州府，为首的融合儒、释、道三家文理教义，收纳徒众开坛礼拜，搞了二十多年，声势渐渐起来了。民国初年，北五省里还是各系军阀扰攘割据之势，有个道号叫"通理子"的济

150

宁人，名唤路中一，声称乃东震堂十七代传人，还把他以上十六代老祖的谱系也勾勒详尽，他自己乃是"尊师"，亲自在曹县、单县一带大举收览"道亲"。流传开来，甚至还从《论语·里仁篇》里借用了孔夫子的"吾道一以贯之"作为恢阔格局的标语，是为"一贯道"。路中一，另一个为自己命名的人物。

路中一和孙中山先生死在同一年上，死前把道务传给了一个名叫张天然的弟子，此人来到济南宣教之时，我爷爷早已卸下维持会金库主任之职。一九三〇年左右，张天然曾经派遣一个叫郝书暄的弟子登门来拜。那时我爷爷侘傺无聊，有人肯如此尊礼投拜，自然十分意外。孰料这郝书暄仪表洁净、吐属风流，座中仅是清谈玄理，不涉俗务，一两个时辰下来，纵横三教典故，钩稽六合因缘，把我爷爷唬得一愣一愣的。没想到世间还有如此俊雅的人物——难得的是在那个"大时代"的氛围之下，还能如此尊敬他。老头儿一高兴，留客用饭且不待言，听说对方还要到益都、潍县、烟台去，我爷爷居然昏头奔脑地主动致赠了一笔程仪。此后，郝书暄东奔西走无数趟，自凡是路过济南，总要来家拜望。一盏茶、一席话，与我爷爷算是忘年交。此后又过了几年，当郝书暄上济南西郊去办事的时候，甚至还让老郭腾出一座小宅子来让他住过几回，每回总有个三五日，甚至七八日，负责居停洒扫的，便是滕文泽。

郝书暄发展一贯道，也有自立的堂口，是张天然"中枢坛"

（又叫"总佛堂"）底下的一级组织，号曰"敦仁坛"。事实上，整个济南市，就是一贯道遍布全国蛛网式组织的核心。其情态有如后世的老鼠会，有上线，就有下线，有总坛，就有分坛，所谓层层节制、逐级发展。入道必须先缴费过坛，受"关"、"印"、"诀"三宝，成为"道亲"之后，可以得到诸天神佛的庇佑，非但能够透过起乩的仪式预卜吉凶，遇事还得以逢凶化吉、驱灾避祸。

当年我二大爷之所以愿意独个儿留守老宅，处理掉张步云所部留下的枪支、子弹和军毯——套用我六大爷《家史漫谈》之语："为祖家立了一功"——其实我二大爷私心还有两个目的：其一是可以躲在北屋里抽大烟，没人管了；其二是他所居处的一排屋里有个套间，设着个"坛"，济南沦陷之前，此坛在西关朝阳街上可谓香火鼎盛，招揽道亲不下百数十人。主事的，是我二大娘，设坛目的无他，自然是为了贴补我二大爷一家子在烟榻上的开销。

至于滕文泽，从来不是道亲，然而透过与郝书暄的私谊，他想到了一个跟一贯道有关的门路。

"你算是叫十爷给撵出门的，如今孤杆儿一个上章丘，就算有十奶奶保着，难说十爷一见了你，想起'庵清'里的事儿，不定还是要动气，万一请出家法来，总是个饥荒。"滕文泽说，"可十爷是瞧得起、也信得过郝爷的，俺请郝爷派俩道亲上章丘，给那边儿捎个信儿，就说你找着正经活儿干了。这么讨十爷一高了兴，您爷儿俩也就缓过来了。"

"有什么正经活儿可干？"

"土地测量。你看怎么样？"

"啥？"

"土地测量。"

"土地测量是个啥？"

"不知道。"

在那一刻，土地测量这个新鲜的名词是另一个与梦想差不多的东西，少年试图离家出走的一个遥远的目标或新鲜的借口。我不禁以小人之心揣度，如果不能撺掇着我父亲一起变成土地测量员，滕文泽可能永远也无法脱离他那全无长技、乏善可陈、近乎奴工的生涯。

滕文泽之所以会知道"土地测量"这个名词，与鲁达只身逃亡到代州雁门县、同一簇人在十字街头看榜的情节差不多——他也是从堤口庄外通衢之上的招贴告示看来的。那告示日日更新，有时是新闻简报，有时是政令宣传，通常晨夕各更贴一次，但是内容却大同小异，有时手写油印的文字之中会夹杂些平假名、片假名的日文，也不另作说解，可用不了三五日，看的人径自看惯便解得了。事后回想，这是侵略者的高招，可称之为潜移默化，使人于无心为之之际学会了原本他们可能会抗拒着不学的语言。其中征人求才的广告则数日一换，换新的只是纸张，内容倒像是长期不变的。对照着新闻、文宣，滕文泽渐渐看出些广告里的意思：

齐东县正在募集十八岁以下的男性青年学习土地测量技术，管吃管住管给零用钱——在告示上，零用钱写作"小遣"，乍看像是"小遗"，中文尿尿的意思；学土地测量，管吃管住还管尿尿？这引起了短暂的误会。

但是"土地测量员"毕竟是一个簇新的头衔或诨号，新生活所象征的名字。商量着、讨论着、犹豫着、磨蹭着，几次即将成行，又被传闻中路上发生惨烈的战事给吓得缩了脚。过了好几个月，天气开始回暖，春天不但来了，眼见就要走了。

这些日子发生了不少惊天动地的事。时序进入一九三八年，古历正月里，国军自己把黄河大铁桥给炸了，以便阻止日军沿平汉线向西推进。阳历到了三月下旬，矶谷廉介的第十师团陷入了国军第二集团军孙连仲以及第二十军团汤恩伯的口袋里，战事明显在往西、往南移了。后来国人称这抗战以来的首次陆战胜利为"台儿庄大捷"。但是，原先在此激战，是为了保卫徐州；徐州却在刘汝明部队剧烈抵抗后，亦于阳历五月十九日放弃。这表示日本人在山东站稳了脚步。

四十四年以后，我父亲带着我用一份地图资料读战史，说到放弃徐州这件事，他忽然纵声大笑，翻出一部由退役老将军何应钦挂名撰著、刚刚出版的抗战史之作，指着一段他刻意用红笔画出来的字句："敌军企图包围我鲁南大军之计划，全归泡影，而徐州会战亦于此时告终。"

我父亲认为，史家曲笔之奇，尽在于此了。"你想吧，人家明明把你给打跑了，你却说人家包围你的计划成了泡影，多么妙！"

无论后世之人如何解读当时的战局，两条少年好汉——滕达和张逵——终于背着包袱卷儿上路了。在路上，我父亲老垮着一张脸，显得心事重重。直到快到齐东，才像是招供似的跟他身边这一起闯梁山的金兰之好说："我头年儿里翻墙回家，把我二哥给打了。"

"过去的事，不想了罢？"滕文泽说。

我父亲从来没有学会这一点。

土地测量员

所以我才会从他那里得知土地测量员学习生涯的一点琐碎。这段生涯完全不像他行前所想像的那样丰富美好——他原以为每天都要跟许多外形进步完美的机器在一起工作——最糟糕的部分是：外形进步完美的机器很重，但并不跟他"一起工作"。

此后有些报名、考核、分发的琐碎儿，就省略了，我们只需要知道，他们住在齐东乡下一栋被炮火摧毁了一半儿的宅子里。和他们在一起生活的，都不是军人——起码都是不穿军服的人——几乎人人都能说得出一口"吹斜了调门儿的山东话"。从上工的第一天起，就有好几个看起来长相一模一样的日本人，轮流带着他俩"到处走路"，走到第五六天上，他们才发现对方其实并不是昨天的那个人，也不是前天或大前天的那个人。走路时几乎所有的东西都由滕文泽扛着，包括什么大小平板仪、水准仪、经纬仪，以及装载这些仪器的大铁箱、大木箱。这么走来走去，有时同样一条路线要反复走上十多次。单趟走下来，十几里算平常，十几趟就是一百多里，这么走是为了测量一种叫"基线"的东西。

"基线"并不存在于这个世界之上，但是——日本师傅告诉他们——基线是世界的尺度。

万事起头第一步，就是基线测量。先找一块看来合适的平坦区域，假设有一条好几华里甚至十几华里长的线（后来我父亲才想起来：学校里教过的，华里差不多比公里少了一半儿），这线分两头，两端各有一个同在一水平面上的点儿，你看不见，却得量出这两个点儿之间的距离，而且这样反复校正测量结果的目的，是误差值必须在整条"基线"长度的百万分一以下。换言之，一条十公里的"基线"，不能有超过一毫米的误差。相信这"基线"之确乎存在，是需要一点想像力的。对于念过初中的我父亲来说，还不算太难；但是要让滕文泽理解有这么一条线，就不容易了。他说他看不见这两端之点在哪儿，怎么可能量得出线来？这是实话，实话说得次数太多，就成了抱怨了。滕文泽居然没有因为抱怨而很快就被开除，纯粹是因为他的一身气力实在太好用的缘故。

我父亲在我上中学念几何的时候，有一度十分认真地和我一块儿研究数学课本。大约就是在那时候，他向我说明了"基线"之作为三角形已知的一边，连续增大所形成的三角形聚集叫做"三角网"，测得的"三角网"如果呈现一种狭长的带状，叫"三角锁"，各别三角形的顶点，叫"三角点"。在"三角点"上，用仪器观测三角形的各个内角，还得测出"三角网"里最小的一条边的长度和方位角，再凭这个基础去计算其他的边长和方位角的角度，才能由已知"三角点"的坐标算出所有"三角点"的坐标。诸如此类。

　　有些时，他还会在我的课本边角空白之处画些形状奇特的仪器。我印象最深的是一座大平板仪（曾经让我的一位军火迷同学误以为是新型死光枪）。那大平板仪的顶端是一具附有直尺的照准仪，底下则是测图板、方框罗盘和三脚架。我一直认为，那图对我影响颇大。我经常盯着图上比例精确的望远镜和垂直刻度盘发呆，竟至于忘了听课。

　　另一张图则画在我的地理课本上，是一种名叫经纬仪的东西。上下分好几层，最底下的一层是有四个螺丝柱旋起来的八角形基座，稍高一层是圆形的水平刻度盘，再往上，前端横着个水平仪，再向上，则是望远镜和垂直刻度盘。我猜想他能够画到这样一个精确的程度，一定花了不少时间练习。以我对他日后生活内容的理解，我敢断言：像他这么一个既缺乏素描天分，又缺乏绘画兴趣的人，能够拥有这种画功，决计是一种闲慌到要发疯的地步所训练出来的成果。事实上，除了这两三种仪器之外，他画的任何其他事物都令人难以辨认。

用他在土地测量上所获得的数学知识，替我解几何习题这件事也出过纰漏。有一次我依照他教的方法写作业，簿本发回来，上头满纸大叉，老师还特别点名警告我：要按照课本教的方式解习题。老师的评语里还有这么一句："光是答案对，不表示就对了；过程比结果更重要。"我把老师的话原封不动转告我父亲，他想了想，道："'过程比结果重要'，这话说得不错！老师永远是对的。我看你这数学嘛——往后是得自求多福了，我怕再也帮不上你的忙了。"等我上了高中，数学一科更是经常吃鸭蛋，遇有必须让家长签字的考卷拿回家来，他看一眼分数，神情平静地签了字，不得不找些话来说，以示关心，于是他总是这样说："我帮不上忙的事是越来越多了。"

面对大学联考，我和我那一同为数学补考了七次才勉强混毕业的好友陆经打商量：怎样才能避免落榜的羞辱？最后我们的结论就是：今年不考。也许补一年习，也许做一年事，也许蹲在家里傻吃闷睡耗一年，总之逃过一劫算一劫。我把这决定跟我父亲说了。他说你压力不小。我说你才知道。他说不考就不考，就算你一辈子不念大学，我将来退了休还有终身俸，可以养你几年。我说这倒不必了。他说你也用不着客气，咱们自己人。

一九七五年五月三十一日——距离大考还有整整一个月——

一个阳光灿烂的星期六午后。我父亲推门进来，邀我一同"出去走一走"。当时我们家门前里许之遥就是青年公园，父子俩缓步走逛，其实燠热难当，晒得浑身冒油。他跟我说起了当年和滕文泽一起跳进一口大缸里洗澡的细节。

那口大缸是滕文泽从测量训练所十里地之外一座废弃的陶窑里捡回来的。那一整个夏天，一到晚上，滕文泽便去挑水，把缸注满了。隔天天一亮，顶着日头工作到近午，哥儿俩就跳进缸里去泡着。通常在澡缸里，我父亲会垫一块长条木板，读一本训练所发放的小册子，里头有背不完的算学公式、仪器操作程序、机具使用和保养准则，还有简易的五十音发音练习，常用中、日语对照表。之所以要背得过，乃是因为训练所每周、每月都要举行考试。

滕文泽是不准备考试的。不参加考试，日子也一样过，总之是扛三脚架、驮箱子，这样的日子过起来舒坦又自在，所谓："打嗝儿就饱，倒枕就着，无忧无虑，也无烦恼。"所里有少数几个军官听说他练过气功，对他十分客气，他胡乱编派一些练功的口诀，教那几个人念诵，人家照着练，还直说有效，益发对他礼敬起来。我父亲为什么要参加考试呢？据他说："泡在澡缸里和滕文泽瞎三话四看傻屌，日子久了，总会烦的。"

"你考得好吗？"

"勉强及格。"

"及格了有什么好处？"

"晋级再考。"

"不及格怎么办？"

"不晋级再考。"

"那跟我现在差不多。"

"一点儿不错……"

那一天我改了主意，回家之后找出三年来用过（而且还没丢掉）的课本，读了一个月的书，每天冲三次凉，然后就考上了大学。不只如此，日后我几乎每个学期都领奖学金，逢考试必定士气大振，有战无不胜、攻无不克之勇。这跟我父亲在那天酷热的散步之中的两句结论有关。

当我说："那跟我现在差不多。"之后，他说：

"一点儿不错。考得不好，算不了什么；考得好了，也算不了什么。"

第八章　日夕望君抱琴至

在我写给你的第一本书里，祖家五代以来的男子只有一个面目是清楚的：他们都对自己置身其中的家感到不满，亟欲改变这情境，却又无能为力；偶然因为机缘、运气或者一点小小的世故心机而得逞，使他们得以暂时离开那个宅院的束缚，又开始陷入思乡怀旧的缠崇折磨，仿佛不如此，便无以补赎当初渴望离家的罪愆，也便无从确认作为一个张家子弟的情感。

到我这一代上，祖家只是个象征——在很多人眼里，它甚至只是个病征而已——祖家似乎是旧时代、旧体制、迂阔的制约、陈腐的价值、没落的文化……一切应该急速挥别的噩梦总集。在另一端，忧心捍卫着这象征的人会这样告诉你：它是根，它是来历，它是饮水当思之源，它是不容践踏遗弃的记忆。事实上，这并非咱们张家所独有的一个矛盾。近世的中国，大约就在被迫打开大门之后让所有的家庭都不得不面对这一点——人们不得不用种种的形式离家、出走。

让咱们爷儿俩悄悄撤退到稍远的地方，避开小我与大我的对决。你会渐渐地从鬼影幢幢的祖家宅院看见我开始为你写这第一本书的用意：从我开始，往上倒数五代，每一代都觉着自己的处境（无论是个人的或民族的）有一种迫切感，每一代人都感受到自己即将被牵引到全然陌生的所在去。他们会在抗拒那牵引的时候留下挣扎的痕迹，每每就是这种细腻繁琐的痕迹令我着迷。

我大大爷张汉京——那个年幼之时给黄雀帖上的小儿画像不幸言中的败家子——他自己也逢人就说："俺是个什么命？就是个手里提溜着一串铜钱，绳儿底下没打着结子的命。"随着我爷爷迁居章丘之后，他仍然过着到处打欠条的日子。欠得最多的是旧军孟家。

孟家打从前清起就是章丘一带的豪商，经营冶金、机械、百货、农具乃至绸缎和一些农产品，大半的生意都挂着"祥字号"的招牌。孟家与我祖家有累世的交情，手头儿很松，可让我大大爷过了几天好日子。当我父亲正在邻县苦读五十音和三角测量算式的时节，他的人生也有了奇突的转变。

当时孟家还经营着一所戏园子，养着个"筱云班"。约莫是祖上有人在京里学过艺，出师之后就回乡来独当一面了。摔打翻扑、唱念做表、外带神仙老虎文武场，一家兄弟父子夫妻郎舅全包了，称得上是皮黄门第。头先因为战乱的缘故，"筱云班"歇了大半年。待时局稍微平静些了，日本人倒还敦促着孟家主事的，叫"筱云班"重新开演，也好让市面上显得融洽些。

有回我大大爷上园子里去找人闲拉呱儿，听见班主正在同儿子说话。先是那唱净行的儿子抱怨：他不要演《失空斩》里的"赵云"，怎么也不演。说着说着，上了火，把些陈年往事也扯络出来，说是头先贴演《四进士》，叫他去那"杨春"，他也没吭气儿；如今放着个"马谡"不让演，反倒串起"赵云"来了——为什么自凡是"小活儿"都得归他？那班主一边儿拉着胡琴，一边儿说："你没在台上起过霸，枪也用不好，上场扯嗓子就来'马谡'，能看么？你来不好'小活儿'，能来'大活儿'么？"

道理是寻常，吃这行饭还想挣副头脸的，没有不经历过这种教训。可我大大爷听得入神，抢步跨进屋去，先冲那儿子一戟指，自先忍不住笑了——原来那儿子鼻头上长着一颗又圆又黑的大瘊子，就凭这颗瘊子，扮"杨春"、"赵云"得费多少扑粉遮掩的手脚？——念头是这么闪了一下，可要说的话还是没漏了，他一戟指，道："老爷子教训的是，你就听着呗！"说时进步上前，撩袍跪倒，冲那操琴的班主道："我是济南西关朝阳街张汉京，路经贵宝地，听老爷子这手琴拉得可以说是出神入化，炉火纯青了。还望老爷子广开方便之门，大展包容之量——收一个不成材的弟子。"

要是在承平岁月，我大大爷不叫人揍个半残，也得给骂绝了祖孙八代轰出来。可他这么一莽撞，还真应了所谓"时也、运也、命也"的话——偏逢着这"时难年荒世业空"的岁月，行行不好过，偶然遇着能同其情者，人也都变得慈眉善目起来。大约还以为来者是个落难在外的子弟，不过是想找份差使糊口，那班主仍自一边儿拉着段过门儿，一边儿客气地笑笑，说："我眼下缺的是'赵云'，不是'张飞'。您就——请罢！"

这是拿我大大爷的姓氏、凑附上"张飞闯帐"的戏码儿来说笑。可我大大爷却不是进来说笑的，登时立起身，走了几步"赵云"。那班主稍稍收敛了笑意，点点头，手里琴音未断，口里却像是跟自己的儿子说："行家来了！"接着，又对这不速之客道："方才小犬正为着去那《四进士》里的'杨春'不高兴呢，我倒想起《四进士》里的一个关节来了，想请教客人。"这——是主人表示"说得上话"的意思。我大大爷连忙做了个长揖，恭恭敬敬地说："请老爷子赐教。"

"《四进士》里的'顾读'念状子，念到'具告状人杨素贞，什么什么谋卖鲸吞事'这一句上，'顾读'得有个'啊'字，这是什么缘故？"

这一回，轮到我大大爷笑了："当然是为了那'毛朋'在柳林里给写的状子啊！头先戏文里就有交代：'宋士杰'夫妇看了这状纸，都夸赞写得好。您老想呗，连'宋士杰'都看得出来这是张好状子，'顾读'可是两榜进士的出身，他能看不出来么？他得看出状子的厉害，才会再看一眼'杨素贞'，想这婆娘定是写不出此等状子的。之后这'顾读'知道杨素贞住在义父'宋士杰'家中，心里也才想到：不错！前任道台衙门里是有这么个刑房书吏，这便小心翼翼地传那'宋士杰'上大堂了。这里头有一折顿悟、一段儿想法，全从对状子的惊讶、佩服而来，所以这个'啊'字，得倒抽一口冷气儿——"说着，我大大爷模仿着戏里的大花脸"顾读"，倒抽了一口冷气。可想而知，那模样儿有些宝里宝气。

琴音乍歇，班主忽然停住了指间的弓，站起身，摊手给我大大爷看了个座儿，道："张先生能拉两段儿么？"说着时，手里的胡琴已经递过来。

那把琴有一根用五节紫竹制作的琴杆。底下八角形的琴筒不大，另以老毛竹制成，一侧蒙了一层蟒蛇皮。琴筒之中还有一节竹子，竹上开着菱形对穿风口。两弦弦轸乃是黄檀木所制，绕在琴杆和琴弦上的"千斤"铜钩则始终闪闪发着光——这把琴，如今就挂在我父亲的床头，只不过马尾弓已经松脱了一端，梅鹿竹制成的弓杆虚虚夹在两弦之间，如果没碰上大地震的话，还能安安稳稳地挂一阵子。

说拉两段儿，我大大爷当真就拉两段儿。天不怕地不怕的张汉京掏出手帕铺上了左大腿，琴筒搁正，虎口扣住琴杆中央，压了压"千斤"，将琴筒放在左腿根儿里，左肘垂空，上下抖擞抖擞，右手试了试音,66336,自道:"拉个啥呢? ——拉个《卖马》罢!"说着,使嘴打了一通"长锤",接下来,就是两大段的西皮慢板转摇板:

> 店主东带过了黄膘马,不由得秦叔宝两泪如麻。提起了此马来头大,兵部堂黄大人相赠予咱——遭不幸困至在天堂下。还你的店饭钱无奈何只得来卖它,摆一摆手儿你就牵去了罢——也不知此马落在谁家。

拉这段《卖马》——那班主可能不明白——纯然是我大大爷的心境写照。试看他,三十好几的一个人,无论走到哪儿,都有一屁股债跟着。莫说身边没有马,就算有,也早就连枕头里的马料都卖光了。可就拉琴来说,感慨不能当饭吃,还是得看手上的本事如何。那一阵"长锤"之后,是八个小节的前奏,完了,拖长腔带过门儿。在"遭不幸"四句之前,还有一段"夺头",末句"也不知"之前则是一通"闪锤"。他非但拉上了,一字一句还按板着眼地唱了出来。嗓子当然称不得当行,但是他赋性闲雅,唱来吞吐自如,居然能把个末路穷途的秦叔宝那三分若有似无的贵重之气给渲染得恰到好处。武场方面,也没有漏过任何一个锣鼓点子的声音细节。那班主听得十分动容,哑着声问道:"我看您膀阔腰圆,手指肥润,谅必是大家子弟,之前一定也经过名师指点,否则震弦之音不至于如此清脆高响。尤其是'此马来头大'一节,能撮六七音于一轮指之中，琳琅利落，层出不穷。至于咱这点儿庄稼把式，实在经不起您开玩笑。"

"我哪里是来开玩笑的？要拜师学艺，就拜师学艺——"说着，我大大爷一撩袍角，看是又要跪下——却没真跪，打了个千儿，说："您要是不传，俺这就走。您要是肯传——"说着，膝盖便要往地下落，叫那班主一把搀住了。

"张先生原先在哪一行里发财？"

"俺是卖盐的——咸（闲）来了！呵呵呵呵——"

我大大爷没有扯谎，他原本真是个卖盐的，但是会投入"筱云班"，其实自有他的一部不便告人的盘算。《家史漫谈》是这样说的：

> 早年大哥对京剧酷爱异常，是捧着银元到处去请托名角儿给"说几句"的。所谓"说几句"，就是解释某戏之中某个重要或独特的地方，无论是戏文也好，唱工也好，凡是足以显示那角儿的本事、风格者，都可以"说几句"。说了，底儿就藏不住了，若非门下弟子徒孙，却还认真给说些的，都是很给面子的事。
>
> 但是请教角儿们究竟花了多少钱，非但大哥自己没个谱儿，一家人也都怕疼，不敢问讯。在旦行里，大哥研究梅、程两派；在生行里，又着意余、言唱腔。亲朋间有点喜庆等

167

事，拉拉唱唱、说说笑笑，总少不了他。但是事后大家总免不了议论起大哥所花的代价，结果他还是要挨批评，只这批评，一向是夹杂着怀念的笑声的。

至于当年之所以加入"筱云班"，其实大哥另有用心。他是想借着在戏台上耍两手绝活儿，好在孟家掌柜的心目中留下一点深刻的印象。这就好比前清时代，宫里升平署的伶工们总想讨太后老佛爷欢心，而不得不时时研发些唱腔、演技，其实是一样的道理。

我非常喜欢我六大爷的这几段文字。从中可以感觉得出，在写着这些的时刻，他很悠闲、很轻松。没有这悠闲轻松，很难以一种不怨不怒的平静去面对家族中受尽宠爱的纨绔班头。也惟有不怨不怒，才能真正体贴他大哥试着离家找出路的孤独。

这纨绔班头进了"筱云班"，学了不少日后十分堪用的"花过门儿"，他自己最得意的，是同那班主研究出许多演奏变化工的"托衬"，大多是快板上如何换衬与原唱段不一样而又不至于干扰原腔的旋律。还有就是发展出一套他戏名之为"一十六招和稀泥"的补音法，为那些临场唱腔落字没能落在板眼上的伶人补齐拍子，还得不叫耳朵尖的戏油子听出来，一种全面隐退藏匿、帮衬演员发光的匠艺。

我不懂操琴，我父亲试着教过我，但是我始终不肯捺下性子学——那年月我想学的是吉他，像吉米·亨德里克斯在舞台上那样演奏——我父亲经常抱着这把辗转由我母亲从祖家携至青岛、再跟着播迁来台的胡琴，说操琴是一种退让的德行。

让一步

几乎成为一种总是令人忿忿不平的庭训，我父亲说：让一步。在我大大爷那里，操琴上的"让一步"，可以看成是所谓"同台无二戏"这舞台伦理的修持或涵养，它既是美学的，也是道德的。"筱云班"班主的儿子日后居然成了我大大爷的至交好友，倒是跟这"让一步"的觉悟有着极大的关系。

有一回"祥字号"孟老板靠着生意上的关系，请来了一位知名的净角儿到章丘来客串正工，演三天戏，首日贴《二进宫》。不消说，人家名角儿得去那"徐延昭"，班主本来是旦行出身，去"李氏皇娘"，于是，"杨波"又落到了班主那儿子的身上。这一回，不能抱怨是"小活儿"了，"杨波"非但吃重，甚至必须能与"徐延昭"分庭抗礼，戏才好看。班主有意让唱净行的儿子改唱一回生行，一方面是对这儿子的底子有些把握，一方面自不无借佛面、抬僧面——"捧场"之意。

开唱之前两天，我大大爷瞅着四下无人，把正在喊嗓的班主那儿子请过一边儿来，说："要来的这角儿，有一副黄钟大吕的调门儿，可以说是撼梁裂柱的势头。人家远来是客，一上场，'碰头'想必是好的。你的'杨波'万一跟得紧了，前边儿的彩声还没落定，非给压下去不可。"

班主那儿子大约也在为此事伤神。虽说这种形式的演出，贵客是能给咱们抬抬声价，但是现场压不过人，就算唱得再卖力、演出再成功，顶多也只是称职而已。他听了点点头，道："我也琢磨着呢。"

"这就用上了我那'和稀泥'了。"我大大爷道，"一上场，别跟紧，等人声平静了，再上。"

"这我明白。"

"还有，人家那一句'探罢皇陵进昭阳'之后，你别接着唱'宫门上锁贼李良'！这是要紧的——"我大大爷道，"你得添个动作，给千岁爷作个揖，缓缓转过身儿，我给你加一段过门儿，咱们把前头那彩声给拖过去。后首千岁爷唱罢'怀抱铜锤保驾身旁料也无妨'的时候儿，也是这个机关，拖一拖，才唱'我好比鱼儿呀闯过了千层罗网'。咱就这么办。到时候，准保你一字一声，台下听得是历历分明。"

"听您的。"

"其实没什么——不过就是让一步。"

爷儿俩别张扬出去

我大学毕业旅行结束那天回家，父亲正拉着这出《二进宫》，显然已经喝了点酒，竟问我要不要一块儿来上一段？他说他要试试他大哥点拨过他的一个拉法。言下之意仿佛是说：无论你小子如何荒腔走板，我都可以"兜"得住。他提议第一遍我唱"徐延昭"，他唱"杨波"，完了换过来再唱一次，从"千岁爷进寒宫"唱到"各自分班站立在两厢"。

我很惊讶他会邀我一块儿唱。平素他对我在京剧方面的聆听兴趣鼓励有加，也很愿意透过剧情诠说掌故、考稽历史，从戏曲看历史，再从历史看戏曲，不只是两者之间的离合同异，以及两者相互运用的机制和轨迹，几乎成为我成年以后和他交谈的主要内容。这，倒是可以岔出去说一段儿例证。

有一回他说河南梆子里某戏演包公从陈州放粮回朝，受皇帝的款待，宋仁宗有那么两句唱词："看皇后娘娘亲手烙的这张饼，待孤王给你卷大葱。"我一听就笑了，想是编戏的为了让看戏的老百姓感觉帝王生活饮食的亲切体己，才给编出这样俚鄙的词儿来。我父亲说："你笑个啥？"我说："卷饼大葱，够土的了。"我父亲说："你别笑，别说皇上跟大饼没关系。"接着他掰动手指头数落：当年宋徽宗被俘虏，囚车经过河南浚州城外之时，肚子饿了，押解的金人使者勉为其难，让几个卖吃食的摊贩接近，有个姓曹的

171

太监，想用二两银子买点儿吃的，让皇上充饥。可小贩一旦得知囚车里坐的是皇上，哪里还敢收钱？赶忙退还银两，把一车子的藕菜炊饼献了上去。所以，皇上不是不碰炊饼的。此其一。从这"炊饼"，再回头说"蒸饼"。我父亲弯起第一根手指头：炊饼，北方各省里的一种主食。原来是叫"蒸饼"的。在宋代，北方人称的蒸饼，就是不发面的馒头，汤饼，就是面条。这就跟宋仁宗有关了。宋仁宗名叫赵祯，因为"蒸"字和"祯"字音近，不得不有所避讳，于是"蒸饼"就成了"炊饼"。此后近一千年，北地方言都不叫"蒸饼"，都叫"炊饼"了。其实"蒸"字，是个制作的方法，用得准；"炊"字，只是烹煮食物的泛称，用得糊——后者当然不如前者。我父亲坚信：那编梆子戏的绝对不是白丁儿，一定知道宋仁宗对于"蒸饼"的重大影响，所以故意让赵祯的老婆亲手烙饼给包黑子吃。我说烙饼是烙饼，蒸饼是蒸饼；大便入坑、小便入池，别搅和。他说教你两个小掌故你还穷抬杠。

但是说到了唱，说到了嗓子，哪怕只是随口哼哼几句——就我印象所及——他从没给过我一个好字眼的批评，通常只有一句评语："一把死唱。"意思不外是唱腔呆板，全无韵味儿。自凡听见我唱戏了，他的表情就像是听见电视综艺节目里那些不会说而强要学舌说山东话的艺人所做的谐趣表演，非但不觉其有趣，反而听得一耳朵肉麻。可那一回他要我合唱，我略一迟疑，他却说："前些日子听你洗澡的时候吱儿了两嗓子，勉强。别害臊了，来

172

罢！"我好容易逮住机会，当然要乘兴卖弄一回。那是多少年来我们俩第一次、也是最后一次合唱。唱完，他把胡琴悬回床头壁上，沉吟片刻，道："幸亏咱爷儿俩没入梨园行，那可真叫败坏中国文化！"可当时我并不知道，他其实悄悄为咱们爷儿俩的这一次合唱录了音。十八年后，当他第二度住院复健的某一天，我想带几卷他平素搜集的京剧卡带去病房给他解闷儿，无意间发现了这一卷带子，盒中附有一纸，写着："春儿毕业旅行归，父子合作《二进宫》千岁爷唱段，可谓'料是山歌与村曲，呕哑嘲咋亦可听'，但此等火候，毋宁独乐乐，不可众乐乐也！"

我反复读着那张字条，悲哀地笑了。我想这是张家门儿的德行：我们总要假设这世上其他的人、其他的事、其他的一切，都要比我们伟大一点、骄傲一点，也更值得鼓励一点。故此，我们即便有点儿什么好得意的，也别张扬。

我真不知道该不该把这一类的庭训传衍下去。毕竟我这一代的人在无数争取自我、表达自我、肯定自我的陈腔滥调之中长大，总相信那压抑个人价值感的教训注定是过时的了，也似乎不敢在任何程度上挫折年轻人的信心和勇气。我几乎可以预见，当你牙牙学语之际，即使无法正确地表述一个句子、唱念一首儿歌，我和你的母亲也会热烈喝彩，并从中窥看到人类从蛮荒爬向文明的步履艰难。我们会认为你比这世上其他的一切都要伟大一点、骄傲一点，也更值得鼓励一点。我甚至假想过一个状况：如果有一天，你在晚餐桌上听我讲起我爷爷如何轻忽、甚至鄙视我父亲的往事，而冒出一句"老浑蛋"的评语来，我是不会给你一巴掌的，我会说："没错儿！我早就说他是个老浑蛋了。"

我爷爷把我大大爷在"筱云班""搭班儿"当作是奇耻大辱，甚至还认为这是我父亲加入"庵清"而他未加管束所造成的恶劣影响。这处境，让他的脾气益发地大了起来。另一方面，由于济南仍不时有人四下打听着："朝阳街张家四大院儿的张十爷不是好好儿的么？怎么说死就死了呢？"这个由我二大爷脱口搪塞的谣言引起了不少揣测，总好像我爷爷欠个那马良或者何素朴的一个交代。再加上"柴月老"已经物故多年，我爷爷失了靠山，这一回诈死避官，万一露出了马脚，于整个儿寄居章丘的家族都有极大的危险。他烦恼而无对策，却不知道他终日气愤怨叹的大儿子在这件事上帮了个小忙。

我大大爷果然如我六大爷在《家史漫谈》中所说的那样，以一手惊人的琴艺"在孟家掌柜的心目中留下一点深刻的印象"。在一场为孟家老太太举行的堂会之后，这纨袴班头跟孟掌柜把这"诈死之计"的前情后果说明了，还兜着圈子说："老人家见不得我吃这行饭，我成天抱着把琴进出家门儿，呕也把他老人家呕出病来。"

"张十爷想回济南么？"

"人没有不想回家的，可满街满市是马良的耳目，我爹一旦入了西关，就要拆穿西洋镜，少不得就要进'公馆'了。"

日本军队占领济南之后，首先在城里成立了宪兵队，还有隶属参谋部管辖的梅花、千秋、林祥、鲁仁、朝阳、樱花、鲁安、凤凰、泺源、南新、石桥、霞公等十二个特务机构，号称"公馆"。"公馆"一方面是军民情报搜集单位，一方面也是个准司法单位。在里面可以问案，可以羁押人犯，也可以求处刑罚。主事的特务非但能通中国话，还能说在地方言，他们也有中国同僚，所谓鹰犬爪牙者流，像马群空就是其一。据说进了"公馆"特别不好受，有说要坐老虎凳的，有说要往指甲里插铁钉的，也有说要给硬灌辣椒水的。

"章丘不想待，济南待不得，"孟掌柜也踌躇了，"眼下兵荒马乱的，能去的地方着实不多。除非十爷不嫌弃，我在桓台、寿光地面上有熟人，或许还尽得上力。这，还是得劝十爷想开：藏着，到哪儿都是藏；不想藏着，到哪儿都得做点儿事。"

后头这几句话是绵里针，说穿了，不外就是：若要韬光养晦，就只有扮渔扮樵，坐吃山空，成为一个废人。不想作废，还是要替日本人干活儿。其实是一翻两瞪眼。

"这个，我说不上话——"

"这样罢，"孟掌柜拍了胸脯，"我跑一趟，亲自探探十爷的口风儿，他要是还愿意做些事，只要把着良心，也不必有什么顾忌，老天爷自有明鉴！"

孟掌柜果然找了个题目，投帖上我二大娘的娘家来请见张十爷，俩人一攀谈，还都认识那郝书暄，这就不算是陌生人了。不久之后，我爷爷还回访过一趟。俩人的门第相近，又都有做各种生意的经验，很快地便友好亲近起来。约莫谈到第三四回上，孟掌柜摸清了我爷爷的脾气，终于委婉地提出了他的建议：我爷爷虽然不愿意招惹济南方面的疑忌，也不能为了避差，就困处一乡、寅吃卯粮、坐以待毙。何不趁着精神旺健、体魄康强之际，再出来替老百姓卖点儿力气？要出力，路子很多，改个名字，换个环境，只要不干伤天害理的勾当，何事不可为？

　　是的。我爷爷说服了自己，又下海一回。这一次是到桓台县，据说是因为齐桓公曾经在城中设置戏马台而得名，一个盛产莲藕和鲤鱼的米乡，清代著名诗人王士禛的故里。我爷爷到桓台，干的是县署秘书兼财科科长，换算到旧时代，正应了当年朱家"卿老太爷"的期许，算是地方上"做幕"的领袖了。走马上任的前夕，我大大爷特地向戏园请了假，把琴藏起来，摆开一桌酒菜，请父母到自己的房里用一顿晚饭。我爷爷心情很好，一直说他把名字改为"兆荣"是桩"再对不过的事"，从此，他告别了过去的"宗周"、"伯欣"，看似又获得了新生命。每喝一杯、吃两筷子，就像是想起什么极要紧的事来，低声跟这个他已经几乎要赶出家门的儿子说："咱爷儿俩干的事儿，有一样是相同的——咱们都别张扬出去！"

　　我大大爷因此而深受感动，他直觉以为我爷爷是借此表示他对梨园行的谅解了。数年之后，他将那把胡琴交到我母亲手里，还止不住得意地说："这是一部用不了的家当！千贯万贯、金山银山，都在上头，我怎么舍得？"

大合唱

关于音乐，我完全没有天赋。父亲送我进入一所以音乐教育知名的私立小学之后，我学到的是羡慕音乐班同学的好家境。我父亲对于我想要转入音乐班的要求一向是乱以他语，总说："跟我学胡琴怎么样？虽然比不上你大大爷，也凑附了。"我说我要弹钢琴，或者是拉小提琴，他说你几时见过戏台上有钢琴、提琴的？直到我快要小学毕业了，有一天忽然主动跟我父亲说："是因为我们家没有钱，我才不能学音乐的，对不对？"我父亲想了想，说："你看得很透彻。"

直到念了大学，我才发觉那所小学的普通班其实也提供了颇不寻常的音乐课程。我比其他没有学过器乐的同学更能快速地认谱，了解基本的和声、对位的原理，对于古典音乐的历史有较多的知识，能辨认一些巴赫、海顿、莫扎特、贝多芬乃至舒伯特的风格，甚至还能模模糊糊感受到复杂曲式中诗一般的美丽结构。但是我必须说：关于音乐，我完全没有天赋。我的节奏感坏到无以复加的地步，不是落拍子，就是抢拍子。中文系之所以肯让我加入合唱团，纯粹是因为男生稀少，高音部只有三人之故——到我升上二年级时，还有一个竟然转到数学系去了。

合唱团是我大学四年惟一待过的校内社团。事后回想起来，我认为完全是因为这社团没有任何人事活动之故。所有的成员只知道唱歌。没有思辨，没有争执，没有权力分配，没有正义负担，没有哲学、政治、宗教上的信仰歧异或认同，也没有满溢出来而必须到处去寻找服务机会的爱心。好像什么都没有，连目的都没有。有的只是如何将自己的声音和另外二十多个人的声音融合成一个声音。只有这一点。当这种融合完成的那一刹那，我们会听不见自己的、或者自己所隶属的声部的旋律，我们听到的是浑成完美的和声。

那一年，我们练唱了一首黄友棣先生作曲的歌，歌词出自唐代诗人李颀——我相信这也是我将教你念的第一首唐诗——歌名（也是诗题）是《听董大弹胡笳弄兼寄语房给事》。这首歌除了传统的四部合唱之外，还有轮唱、女生独唱、钢琴独奏以及朗诵的部分，是一首难度相当高的曲子。我在初练习的时候非但没弄懂原诗的涵义，也由于曲式处理上非常复杂，我甚至连词句的先后顺序都不十分清楚。我把曲谱拿回家去，模仿着那个在合唱中担任朗诵的学姐字正腔圆的表演："蔡女——昔造——胡——笳——声，一弹——十有——八——拍。"我父亲随即问我："胡笳你知道是什么吗？"我还是用我学姐那字正腔圆的念白答道："不——知——道——！"我父亲随手捉起纸笔，画了张图给我。我说这是喇叭。他说这是胡笳。我说明明是喇叭。他说教你认个玩意儿你还穷抬杠。

如今，我要把《听董大弹胡笳弄兼寄语房给事》全诗抄在下面，抄写着每一个字的时候，我都会重新回到我二十岁那年在合唱团里练唱的当下。这个体验太过私密，无法与你，或者任何不在练唱现场的人分享，不过，倘若你愿意一个字、一个字地读完这首诗的话，这个阅读经验本身值得珍惜：将一首也许你并不懂得的诗，经由想像变成音乐。我希望你能这样做。

蔡女昔造胡笳声，一弹一十有八拍。胡人落泪沾边草，汉使断肠对归客。古戍苍苍烽火寒，大荒阴沉飞雪白。先拂商弦后角羽，四郊秋叶惊摵摵。董夫子，通神明，深山窃听来妖精。言迟更速皆应手，将往复旋如有情。空山百鸟散还合，万里浮云阴且晴。嘶酸雏雁失群夜，断绝胡儿恋母声。川为静其波，鸟亦罢其鸣。乌珠部落家乡远，逻娑沙尘哀怨生。幽音变调忽飘洒，长风吹林雨堕瓦。迸泉飒飒飞木末，野鹿呦呦走堂下。长安城连东掖垣，凤凰池对青琐门。高才脱略名与利，日夕望君抱琴至。

对于李颀这位诗人，大部分非关古典文学专业的人都不太熟悉，正史上甚至连篇传记都没有，就连他的故乡"东川"到底在哪里，也有很多的争议。我只知道这首诗是在描写一位名叫董庭兰的琴师以琴声模拟胡笳之音，所唤起于聆听者的种种情状。关于董庭兰，后人知道的也很有限，他约莫是排行老大，所以叫他董大。这董大，又是当时（大约是唐玄宗天宝五年、西元七四六至七四七年左右）给事中房琯的门客，所以这首诗也同时呈给了房琯欣赏。

李颀写这首诗，形容的是琴音。然而很明显的，董大弹的琴又是在模拟胡笳这种乐器。所以诗人运用了大量当时胡汉边塞之地的风土名物，作为造境的语汇，编织出一个充满异乡、异国情调的世界。比方说，"乌珠"是指南匈奴的"乌珠部落"，"逻娑"则是指今天西藏的拉萨，彼时是吐蕃的首府。胡笳，也叫"觱篥"（读作"毕栗"），一种从龟兹传入中土的"夷乐"，说是截竹做管、卷芦为头，像是今日常见的笛子一样。三个孔的，也有九个孔的，不过，主要的发声机关还是在吹嘴的簧片上。我父亲画的那一张，原作我弄丢了，只好凭记忆再画一张如下：

然而，我后来在五代十国的前蜀王建陵墓出土资料里发现一些图片，原先是王建棺腰上的浮雕，雕着二十四个着唐装的宫廷乐师，其中一个正在吹胡笳，其形如下：

你可以很清楚地看见，我父亲画的那一张与出土文物图片有很大的差别。毋庸置疑，人家王建棺腰上的浮雕去古未远，一定比较接近实情本相。但是，什么是实情？什么又是本相？

让我们先从李颀的诗说起。董大弹的是琴，那琴却是在模仿胡笳。于是，琴音越是像胡笳而不像琴音，则越能显现董大高超的技艺。我们甚至可以说，琴师其实要让那琴扭曲、悖离它自己的音质与音色，化为吹管乐器，才成就了艺术。至于为听者带来了什么样的美感经验呢？从李颀的诗里，我们似乎看到、听到也感受到胡笳之声唤起的种种意象，其实都是"胡儿"一族的生活内容。换言之，董大的指尖所拨弄流泻者必须不是琴的实情本相，才会产生美；或者，当董大为李颀唤起的美感滋生之际，李颀的认知会须发生两个缺一不可的作用：这是假的胡笳，但是真像胡筛；这是真的琴，但是真像假的琴。

接着，让我们回到大合唱的现场。在下一次练唱的时候，指挥出其不意地要我们各人说一说对这首歌诗的认识。我把我父亲画的胡笳依样画在黑板上，并且跟同学们粗粗卖弄了一下我对诗意的浅薄理解。我的学长学姊里有人说："讲得不错，只是画得像唢呐。"大家都笑了。后来，我们凭这首自选曲赢得了全校合唱比赛的冠军。在别人眼中或许没什么，但是于我而言，那比赛临场感受的意义重大：这是我有生以来最接近音乐的一次经验。此后的二十几年之中，每当我不自觉地哼唱着此曲中段"有终卡农"[①]的部分："空山百鸟散还合，万里浮云阴且晴"，还有末段"长安城连东掖垣，凤凰池对青琐门。高才脱略名与利，日夕望君抱琴至"，那高亢庄严的混声高潮时，都禁不住浑身起鸡皮疙瘩。在整首歌向表演大厅释放出去的刹那，我从指挥的指掌之间，看见寂灭的烽堠、雪覆的荒原，看见群鸟往复盘旋，看见野鹿幽咽迷走，甚至，无可幸免地，当时所有看过我在黑板上画胡笳的同学，或许并不在意他们同我一样，总是看见一支长得像唢呐的胡笳。我们都在唱完的那一刻发现自己早已痛快地流下泪来。

逼近艺术，就像逼近实情本相一般，令人脆弱。

---

① 卡农，canon，是一种曲式，指根据严格模仿的原则，用一个或更多的声部相距一定的拍子模仿原有旋律的曲式。卡农有许多类型，其中"有终卡农"指答句不再进行模仿，另加结尾部分以构成终止者。——编者注

脆弱

挂在父亲床头的那把胡琴的弓弦要比父亲的颈椎神经早几年就断了。没有人知道它是什么时候断的，为什么断了。我们只记得，那是一个冬日的傍晚，春节期间。天行者陆客和皮这对夫妻带着他们足岁大的儿子陆宽来拜年。极可能是那个对世界充满好奇的孩子先发现了墙上的胡琴，吵着要，皮说张伯伯表演一段儿罢。我父亲把琴卸下来，暴了一身灰，才发现弓弦断了。那天晚上惟一的才艺表演是陆宽的拿手绝活儿，类似京剧舞台上的"起翻儿"，腰身倒折成 U 字，我说这太危险，我母亲说小孩子的骨头是软的，我父亲说这等的材料还不送去学戏？

根据我六大爷《家史漫谈》的说法：我五大爷就是小时候儿看戏台上的角儿摔打，什么抢背、吊毛、打飞脚、起翻儿，看一样儿、学一样，人家坐过科，学起来按部就班，看似险，其实不险。我五大爷则是台边戏、棚底风，眼下一过，自觉得计，回头跟着练时，也许摸着了模样，却抓不住精神。学着练着，自己也知道不够那么个份儿，再去观摩，益发觉出不对劲儿来，只好苦其心志、劳其筋骨，好好一个聪明伶俐的孩子，把自己折腾得成天价晕头转向，有时走起路来，连连踉跄，似乎喝醉了一般，动不动就摔跤，摔得厉害时，一顶脑袋上同时有好几个栗子大的包。

可是这似乎不会挫折他冒险犯难的勇气，也不至于妨碍他对

183

新鲜事物的追求和学习。由于年龄差距的关系，他和三个民前出生的哥哥很难亲近，倒是与我六大爷和我父亲往来多些，然而说起话、做起事来，还显着有距离。而且这距离——非常之大。犹记得我小时，父亲总拿他五哥为人处世的不合时、不合宜、不合章法来逗我笑。开场总是这样："你没见你五大爷来——"接下来，必定是我五大爷说了什么不与众人同调的话，或者是干了什么不得众人同意之事。张万京，比夭折的张萃京晚两年又三个月出生，但是长成之后，距离所有其他的兄弟妹都很遥远，像个飘摇浮荡的游魂。

我总忘不了，几乎每回我们自家三口包饺子，只要父亲动手，必定会提到两件事，一桩是冲我说，一桩是冲我母亲说。冲我说的是："要不是你王景王伯伯，我到今天未必会包饺子。"冲我母亲说的是："那回包荠菜饺子，俺五哥——""絮啊——你！"我母亲说。

"絮"这个字是我自己拟声揣意而写的，絮叨、啰唆、一件事不停地重提以致令人生厌之意。用济南话念，听在说普通话的耳朵里，像是"虚啊"。令人觉得"絮"的话，的确往往没多大意思。我五大爷包饺子那回也一样。

当时祖家光景大抵是这样：我爷爷去了桓台，并不知道他会在那里染上鸦片烟瘾，此后数年的人生程途之上，一榻一灯，吹着叹息。我大大爷在"筱云班"练了个六场通透，人称"大梨膏"——这话是说梨园里的角儿自视甚高，目空一切之意。我大大爷原本不是这样做人的，但他同孟老板走得太近，穷招白眼，也是自然。我二大娘成天嚷着想家，要回济南，无人不知她是念着她那个坛的香火。据说有成千上百的袁大头私蓄，藏在房中某处，她着实怕我二大爷穷极无聊，于无意间发壁坏冢而得之。我三大爷死在章丘，比他的妻子孙氏晚了一年，比他的儿子小宸子晚了八天。当时都说一家三口的死因就是"肺病"，没有更精细的诊断。宸子死的时候还没断奶，由于战事大体上还没个了局，奶妈夫妻母子也没有旁的营生着落，我曾祖母便把那一家三口都留下来了，后来这奶妈报答张家门儿的方法是给我五大爷、六大爷和我父亲各说了一房亲事。从老照片可以看出：这奶妈对姑娘家的长相有一定的审美标准——我五大娘、六大娘和我母亲长得还真像。

那奶妈娘家姓范，她丈夫姓什么，祖家已经没人记得了，只因为经常伺候着我大大爷上"筱云班"学琴，偶尔帮忙打打"台帘"——也就是替上下场的角儿掀门帘儿——从下场门掀到上场门，终于熬成个交作伙计，能够捡个场、跑个龙套什么的。家里人揶揄他"是个角儿了"，就唤他"角儿"而不名。"角儿"别的长处没有，很能吃苦，还挨得起疼。

有一回出了件事。那天即将散戏，我五大爷上后台去给我大大爷送棉衣，不知这梨园规矩繁琐，后台不许鼓掌、打呼哨，他听到着迷处，一入戏、走了神，吼了一嗓子彩。在旁人，往来熟了，顶多一白眼，我五大爷从来就是个"不长眼"的游魂儿，总让人误以为是仗着他大哥本事，才昂着脖子跛着腿走道儿。这一下逮住机会，群起而怒目戟指之，吓得他翻身便跑，撞倒了一排物事，上有大件儿钩叉斧钺、青龙刀、白虎鞭、降魔杵、雷公，倾了一地，又把他绊得个七荤八素，叫人扶起来，大腿上插了一只钉头。将养期间，为着回祖家的争议，我二大娘也越发地躁了，没给过五大爷好脸色。再者，毕竟这是在她娘家暂居，即便两姓衣食敷用都由张家开销，毕竟还是寄人篱下，他二奶奶自然嗓门儿要比在朝阳街大些，背地里叫我五大爷"瘸子"，还让他听见了。我曾祖母是主张回家的，可五大爷腿伤未愈，路上是个大麻烦。我六大爷每天给他五哥换金创药，听他自己跟自己说："人生在世，就是给人添麻烦。"我六大爷劝他不要胡思乱想、钻牛角尖儿，他却义正词严地说："不只俺给你添麻烦，你也给俺添麻烦哪！"

这是他病中潭思静观所得的生命至理。多年以后在祖家北屋里，他指着我那小录音机上的 FF（fast forward）按键，对我说人生就是这么个意思：fragile fragments。

我五大爷的英文是在一所叫做"尚实英文学社"的私校念的，开办这学校的人叫冯鹏展，人称"大冯"。抗战开打，学校关闭了一段时间。直到我五大爷随着一大家人重回济南，第一个回学校报到，帮忙清理环境、收拾文件教具不说，还出了一大笔钱修缮房舍。"大冯"深受感动，日后将我五大爷留了下来，和他的儿子

"小冯"一块儿经营学务，直到共产党进城为止。我五大爷怎么能有本事接济"大冯"呢？这就要说到那回吃饺子的事了。

祖家上上下下，除了死去的三大爷、单身赴任的我爷爷之外，终于算是又进家门儿了。这算团圆吗？凑附着算罢？连我父亲都打从齐东赶回家来一聚。有人问起滕文泽，我父亲没多说什么，只私下跟我奶奶说："人各有志。"

即使在家族里，一九四〇年代前后也时兴起以投票表决意见——那一定跟老头子不在家，而主母们喜欢热闹有关——我父亲难得回家，大伙儿数一数，勉强算到齐，吃饺子罢。我曾祖母只有一个坚持：猪肉馅儿要配韭菜，牛肉馅儿要配白菜，羊肉馅儿要配胡萝卜。我二大娘是一贯道的，啥肉不吃，坐在一边儿看人哄着生闷气。我五大爷突然道："二嫂忌荤，咱们吃荠菜的罢。"荠菜纯素，也是家门儿里的规矩。我五大爷先自高举着手说："我通过。"大伙儿不想招我二大娘白眼，也纷纷举手通过了。五大爷跳起一条微跛的腿，显露出少见的兴致："我这就买荠菜去。"我奶奶要拦，我六大爷要扶，还有奶妈那汉子，叫"角儿"的，上前搀住一把，说："让俺去罢。"五大爷都不答允，迈腿出屋，差一点儿又摔一跤。但是他回过身来冲我二大娘一个人说了句："给二嫂添麻烦啦！"

人不解其意，但是也糊涂不了多久。当时我奶奶只顾着追问滕妈那孩子的详情，我父亲才支支吾吾地说："跟着莱芜去的一帮人跑了。"那帮人据说都能言善道,唱得一嗓子好歌儿,而且对如何抗日作战、如何改造国家的未来、如何激起老百姓觉悟、奋斗,都充满了热情。他们在坟地里、破庙里,甚至滕文泽拾了个大水缸回来的废窑子里,都能开会。荒乡僻野的,到夜晚架着篝火,轮番谈天说地,有时就唱起歌儿来。我奶奶旁的没问,对唱歌儿却十分好奇:"唱的些什么来?"

我父亲没跟我奶奶说的是滕文泽临行之时交代的一番话,这是已经老迈的滕文泽在我二姑家喝到烂醉之时,直勾勾瞪着只空海碗,一字一句告诉我的:"七爷!俺不替日本人干这个行当子了,俺也不回堤口庄了。往后再见面,咱'滕达'同你'张遽'要是各为其主的话,刀枪无眼,七爷一定要保重!"

回头说我五大爷出门,半个时辰过去了,菜铺子里送来一大筐新鲜的荠菜,可我五大爷却没跟着一块儿回来。原先大伙儿以为是他腿伤尚未痊可,走得慢。我奶奶趁空儿拉着我父亲问:"莱芜那帮子人唱的什么歌儿?你会唱不会唱?"我父亲只会其中一首,给追问得没抵挡,才唱给他娘听了。据说是个临淄老乡教的,歌儿没题目,缘着第一句,就叫《要吃财主饭》罢:"要吃财主饭,拿着命来换。不明早上坡,星夜才许散。晌午大犒劳,一人一头蒜。财主大肚子,啥活儿也不干,使着老虎腔,瞪着王八眼。要吃俺的饭,拿着命来换。"我奶奶说这是可怜人要造反了。

这厢说说唱唱,一直到饺子下锅、捞起来、板子上都晾凉了,还不见我五大爷的踪影。我六大爷出门找了一圈儿，再回菜铺打门，卖菜的说五爷帮着捡了会子菜，付了钱，人就走了。"他还付了钱？"我六大爷十分惊讶。按过往的规矩，买菜一向是伙计朱成的事，厨下不经手银钱，开门七件事，柴米油盐酱醋茶，用时采买，店家总是到月头上家来递条子，叫"请单儿"。这一回，为什么还亲自付了现呢？

犹疑不到片刻，我六大爷再趔回头，大门以外十丈远就听见堂屋里哭天抢地起来：是我二大娘。打从战前起，她辛辛苦苦积攒了好几年的"道亲"捐输的香资，原先藏在大梁上的一块活榫子里，如今一个镚子儿不剩了。

祖家看起来最脆弱的一个男子，干了件轰轰烈烈的大事。据说，向后我奶奶一提起这事儿来就笑，我父亲转述其情，也跟着笑。但是，一想起我五大爷的"fragile fragments"，一直令我难以开怀消遣。追索当时，就算他想要跟我这"远从台湾来"、"受新式教育"、"穿着讲究应对得体"的侄儿卖弄卖弄，表示他也是"喝过洋墨水儿的"，尽管如此，也无碍于他是我最愿意同情的一个怪人。闽南语称怪人叫"怪脚"，以足代人，犹如以刃做剑，呼帆为舟；在修辞学上，这是以部分代全称，叫做举隅法，synecdoche。毋宁以为用"怪脚"来形容我五大爷更恰当一些。他那行万里路的一双脚。

翻译者

我五大爷去了很远很远的地方。从济南到河南到淮南到江南到岭南。由于居无定所，加以到处都在打仗，所以音信时断时续，连个盼望都说不上。他的家书倒是很勤，几乎每到一地总有片纸只字、问候高堂之语——当然不只如此。回祖家报平安的信总是寄给我六大爷收执的。一开始得着了五哥的消息，我六大爷还会兴奋而郑重其事地把在家的兄嫂唤齐了，请出老奶奶和母亲来，听他念念五哥的行谊。我二大娘总在极之不屑地耐心听完之后立刻发难："还有没有？提到我那钱了没有？"有一次气得太过头，冒出一句："他要是死在外头，我找谁去？"我奶奶听了立刻回房，找出一抽屉当年杨举人为她备办的陪嫁首饰，叫周妈给送到我二大娘房里去。周妈还传下了话："这批首饰，对付梁上的损失，敷敷有余。你二奶奶还有什么计较，就是不应该了！"日后到我五大爷壮游归来，对于他二嫂丢失香火的事没有一个字的交代，可我二大娘也谨遵婆婆的教诲，再也没提过这笔陈年老账。

之所以称我五大爷是个"怪脚"，得从那些远方寄回来的信谈起。表面上看，这些信都是寄给我六大爷的，常在信上请教一些亲即闻见的、有关山川名物方面的问题，让我六大爷"回图书馆查查去"——这的确是将就方便——一回济南没两天，我六大爷已经在大明湖畔的民众图书馆找着了一份差事，俸给不多，可是有敞着看不完的书，对我六大爷来说，就是"情现成"、"捡便宜"。这种随信询问之事东鳞西爪、千奇百怪，常令我六大爷啼笑皆非。而且信信皆无回复地址，就算帮他查出了那些常人一辈子也不见得起一回兴趣的问题，又能如何呢？

比方说，在较早期的一封由镇江托带回家的信里，是这样说的："此间有一帖膏药，名'一正膏'，据云原用为河道民工伤病，疗效极佳，而有'橘井流香'之匾。但不知橘井为何？如何飘香？兄匆匆购药，问之未详，盖以口音隔阂，即令尽道其详，亦犹未之闻也。可否烦弟代为一查？"

这信一念出来，大伙儿都明白了：买膏药，怕不又摔趴了一回？还有一信，自扬州来，日后成为整个家族的"话头子"，也可以说是我五大爷终身的笑柄。开篇第一句："兄本拟贪赶路程——"才念了这七个字，我曾祖母和我奶奶就一起笑出声来，一个道："你有什么急事儿啊？"另一个道："别急别急，留神别又摔一跟头！"说着，一堂人都快意地笑了。我五大爷的确不像是会有什么值得贪赶路程的急事的人物。这种信的个中喜乐，外人也许很难体会，但是堂上一婆一媳、俩老太太听着信，仿佛当场同写信的孙子、儿子说起话来，开起玩笑来。于是这一封以"兄本拟贪赶路程"起头儿的信，之后变成了这家宅之中充满谐趣的典故。所谓的"哏"，还在后头：

兄本拟贪赶路程，行经鹿鸣书社，有知名说书人樊紫章之嫡传弟子亮红登台说《施公案》。此君每日吟一诗开篇，诗极妙，遂滞扬聆之。而兄性鲁钝，一回生，二回不熟，三回记不住，四回才想起该抄之录之。五回抄三句，六回抄三句，七回抄末二句。现转抄于此。因洗过长衫，故所抄开篇诗已经洗去，只得继续勾留数日，再抄付吾弟是了。油炸蚕豆瓣风味甚佳，惟吃多火气太大。

这封信中间并未分段，可知我五大爷是写了一半儿，往身上掏那抄写着说书人开篇诗的纸片，才想起洗过衣服，诗给洗掉了。倘或在其他人，或许宁可将原信废去，此事不提就算了；我五大爷非但将信继续写下去，还当下决定重新回到"鹿鸣书社"去再听几天书。最妙的是末二句。我奶奶说："兰花豆儿吃多了，可见去听书是不假！"

我在祖家逗留的那些日子里，五大爷或许是听见了我向六大爷邀约写一部家史的计划。他嘴上不说什么，手脚却积极起来，大箱翻讨、小箱拣找，里屋转到外屋，也抓起一叠印有"人民武警报社"字样的稿纸，伏案疾书。偶尔抬起脸来，跟我说两句英文，闲杂几句古文，通常前言不搭后语。真要了解他的意思，得透过我六大爷的翻译。这里有一个例子。那天在北屋正堂，我同六大爷录着音，五大爷在一边趴在矮几小凳儿上给自己当年的家书写注脚——五大娘戏称他那是"给他自己'回信'呢！"

我六大爷忽而想起了什么要紧的事似的一下一下挠着头皮，问我："台湾是不是有一个屈万里啊？"

在问者而言，他大约以为台湾弹丸之地，人人都应该彼此熟识，才会有此一问的。然而屈先生是我们中文系出身的大师级学者，早在七〇年代初已经是"中央研究院"的院士，大名赫赫，如雷贯耳，焉能不知？我随即告诉六大爷，早些年屈先生（大约就在七〇年代末）已经物故。关于屈先生的学术，我虽主修中文，其实难登大雅；印象中，曾经从业师台静农先生那里接收过许多期刊论文和书籍，倒是有一部屈先生的《书佣论学集》，其中一篇考证汉石经尚书残字的论述文章，证实汉石经尚书出于小夏侯氏之手。除此之外，也就惭愧欠学了。

我六大爷却接着说："他是我东鲁中学的学长，'惨案'之后，他回鱼台老家主持当地图书馆，我后首到民众图书馆，还去过鱼台学习——咱俩，也算同事呗。"

说到这儿，我五大爷来插话了："那个英文里的少校，叫'major'罢？"

我说："是的。"

五大爷不吭气儿了，我糊涂了，我六大爷笑了。我问六大爷这话从何说起，六大爷悄悄比划了一个暗里点戳五大爷的手势，低声道："正听着哪！"

那跟"少校"有什么关系？这一句我没问出口，且自辗转回头思索，把先前同六大爷的言语再咀嚼一遍，想起方才曾经提到"主修"一词。在英文，主修也是"major"这个字。

"五大爷！"我立刻问，"是因为我说'主修'，你就想起'少校'了吗？"

五大爷抬头看看我，说："'少校'可不小，翻身就成'将军'、'司令'了。不信你问六大爷。"

如此一来，我更加云山雾罩、摸不清头绪。我六大爷抢忙接道："这个我明白，你五大爷说的是张步云，原本不过是个少校，打起仗来，自己一披挂，转身成了司令了。"

这会是一场永远套不完的对话。我五大爷跟这个世界的关系就是这样奇特，居间像是有一扇单向开关的阀门，他兴之所至，便会开启那阀门，露出头来跟大家打个招呼，甚至热络地天南地北。但是他通常不会告诉你，是你的什么话让他想起了某件事，而又转生出某个体会、某个想法，随即衍生出另外一个什么念头。大体而言，他只是直不笼统地把最后成形的那个念头说出来。就聊大天的情趣来说，庸何伤？但是离题万里，也就没有人在乎他对原先的话题有些什么真正的想法。所以时常发生这种情形：一个说"寿光教大水淹了"，另一个说"那白菜还怎么吃呢"，第三个说"就不吃罢，吃藕合子算了"，第四个说："吃芦笋罢，遥墙今会儿的芦笋嫩哩！"五大爷说："对对对！早晚洗一洗，治眼翳。"

也许我六大爷会告诉你：五大爷是因为从发大水想到了哭（土话说孩子嚎哭，就戏说成"发大水"）。有个替我父亲治过喉咙的江湖郎中，见我父亲因着药疼痛而啼哭不止，就说："早晚哭一场，眼翳免开方。"成了传家的铭言——对眼翳未必有效果，于宣泄情感倒是略有作用。要不，我六大爷兴许会这样说：大明湖产藕，我曾祖母一向在厨下做藕合子的时候叫给留一片藕头、一片藕尾，浸在泉沟里一白天，拿来敷眼皮儿，可以保视力长年不退。即便不如此，我六大爷的解释或可能是这样的：遥墙在明水镇，明水泉涌遍地，有绣水、明水、西麻湾三大泉系，相传于八月十五、正月十五、五月初五三日亥正时分，将三大泉系的水各舀一勺入桶，混成一水之后，玉瓶盛取，滴眼为用，可除眼翳。不管何者是实情，我六大爷几乎就成了五大爷的翻译者。他让人有机会知道我五大爷思想的轨迹——因为人们通常既不同意也不在意他思想的结果，倒是那"怎么这么想事儿？"的过程通常歧路亡羊、惹人发噱。

我五大爷和六大爷这场用生命体验交织而成的双簧可以"求真务实"四字注之。打从五大爷再回到家，他们便像一对双胞胎或连体人一般，几乎同时托媒说亲，两家共桌而食、一个屋檐下看日落日出，过了半个世纪。

我五大爷在我那一次录音谈话时还突然向我六大爷问起一桩事："我在镇江鹤林寺寄过一封信，你没收着么？"

"打你一回家就问，絮了多少回，跟你说寄丢了就寄丢了，再问也回不来。"

"大春，你倒是说说，苏、黄、米、蔡四家的字到底怎么样呢？"我五大爷接着说。

我其实压根儿没想要回答他，我想知道的是，一封寄丢了的信，跟宋代知名的四位书法家有什么关系？我立刻用那种求援的表情看一眼六大爷，六大爷说："别看我，我又不是神仙！"

直到父亲卧病初期，意识尚十分清楚，我常同他谈起祖家的旧事——这是少数他愿意反复讲、反复听的话题之一——然久而久之，兴味渐减。所幸在他还能记忆、也还愿意记忆的时刻，我随兴之所至，问了一次："五大爷说有一封从镇江寄给六大爷的信寄丢了，抱怨了几十年。"

"什么寄丢了？没寄丢——"父亲立刻说，"他寄到齐东给我了，我给留着呢。"

当天从医院回家，我从他收藏的那一堆录音带、日记、剪报本子、照片匣以及两岸开放通信之后的往返邮件里找到快午夜，都没找着。最后福至心灵想起来：这些都是近年贮存之物，要找应该往一九四九年迁台时带来的老古董里找去——那只樟木箱子。

箱子在挂琴之处的正下方，成了个茶几。我费了半天手脚，移去几上什物，又翻了个满室尘埃，几乎害得我母亲犯气喘，最后终于在近箱底处的一叠黄纸里找着了。那的确是一封署名写给我六大爷的信，包裹在一张显然是我父亲亲手绘制的地图里面。

先说这张地图——它是我父亲运用那土地测量训练所里练就的一身本事所完成的。其上山河分明，虚实线纵横交错，有红蓝笔文字加注，可以看出是依照使用者实际需求而绘制，故大城小镇，漫无标准。整体而言，是由济南沿津浦铁路向南，再由上海向西至南京的两个部分。由于纸面不能容纳，遂于上海以西的路段横向绘出，这是一张设有两个互为九十度角的坐标的地图。我一眼就看出：这决计不是什么军事图，而是我父亲按照他五哥南行途中来信所述，再根据现成区域地图加工摹写的一张旅游图。底下一行稍大些的毛笔字："倩哥壮游行卷"。

这图卷着一叠信，信封上都写着"张启京先生"、"张东侯先生"收启。只一封例外，是写给"张同京先生"的。内文称谓也是"鲁生"：

鲁生六弟如晤：兄暂寄身鹤林寺，近寺有一墓，西侧题记"明天启四年米元章墓记"，数丈之外，又有"宋礼部员外郎米芾之墓"与"民国二十二年七月重修"牌坊。我记得米元章是个老西儿，怎会埋葬于此？你给我查查。前信曾言及樊派说书人开场诗，抄付如后：说书旧业恨阑珊，走老江湖寸步寒。语碎犹嫌枝叶隐，凿深又恐节目残。台前岂识灯前苦，阅古应怜博古难。大雅遗音归下里，衰翁倚杖共儿欢。

我揭开这个一点儿都不重要的谜底之后两年，五大爷过世的消息传来。他的六弟早在十年前已经因脑溢血病逝于山东医学院附属医院。最后这十年里，因为欠缺一个翻译者的缘故，我五大爷变得更难与人沟通，但是据他的独子张肇（他的名字因为国家推动简体字而变成了"张召"）说："写了一大箱子不知道什么玩意儿的玩意儿！"

"你没丢了罢？"我在长途电话里问他。

"你没说，俺不丢。"张召语气十分坚定，"等你来扛了去罢——俺总然是看不懂。"

还剩一点孤独

我父亲病后有一个逐渐凋萎的过程。一般想来，我总会把事故发生第二年的六月十九日视为关键。彼日午后，他扶着助行器在屋中踱步子，抬眼看见窗外有人影一晃而逝，遂跌足大叹："再走，也走不出屋去。"将助行器向前一推，任由伟岸的躯体瘫倒在地。

七月初我再去看他，老人已经出现了奇特的征候。他的臂膀和腿部肌肉急剧萎缩，手指却还有足够的力气拔除膀胱外接尿管，拔管子没别的用意，只有那根管子他还够得着、拔得动，拔掉那管子是人还活着的一种实证。也就在这个阶段，他一见我的面就会这么说:"昨儿我能下床了。"或者是:"昨儿走了三百多步,很不错。"为什么是"昨儿"而不是"今儿"呢?用他的话说起来比较明白晓畅:"昨儿走过了,今天就免了罢?"又过了几天,他开始有了更大的进步。没等我进房门,便在床上喊:"春儿快来,春儿快来!可了不得了,可了不得了!"

"怎么了?"

"昨儿我会飞了。"

"什么?"

"会飞了,飞出去了。"

"飞到哪里去了?"

"北门,那城门楼子还是那个样儿,窝窝巴巴叫两条马路挤得慌。"

"那你还看见什么了?"

冷不防要他进入细节似乎有些困难,吞吞吐吐了一阵,可能已经不到三磅拉力的左手绕空兜了几个小圈子——我们称之为辅助手势者——他似乎没有料到我居然如此配合,毫不犹豫地进入他的虚拟世界,仿佛不知道该不该继续扯络下去而顿住了。

"唉!还不就是乱?人也多、车也多,吵吵闹闹的没意思,所以我一会儿就回来了。"他一点都不像是自觉撒着谎,或者是意识到自己的话会被人当成谎言的模样,十分亢奋地笑着说:"真没想到哇!一跤摔到连路都走不成了,居然还练成个飞的本事,真不赖呆！"

"不赖呆"——从我父亲口中吐出来的最后一句山东土话——"不错"、"不简单"，称许赞赏之意。

我把这过程告诉我母亲，老太太苦笑着说："他现在越来越能了。"

"能"，也是山东土话，即能干、有办法、了不起之意。

"怎么了？"

"前天说'总统'来了，派人来到大门里，请他出去见一面，我说没有'总统'的人来，也没有'总统'要见你，没有'总统'。他说怎么没有呢？没有'总统'，那还像话吗？吵着要下床。我赶紧说人走啦、晚上再来，这才刹住。到了晚上，不知怎么地又想起来了，说他自己飞着去见罢！我说你能、你厉害、你飞着去见罢！人家飞着去、飞着回，说'总统'就在对门儿大楼顶上，见过了，还交给他三十万，是抱孙子的奖金。我说：'钱呢？'你道他说什么，他说：'孙子呢？'"

再过几个月，也许几天，他就会忘记孙子和奖金的事；再过几年，他看着你，就会忘记他练成飞行的事。和他的五哥最大的不同是：我五大爷的生命原本是一盘碎屑，终其一生都在一片、一片辛勤地缝缀修补，试着找出其中是否具有统一的、终极的意义和目的。而我父亲却恰恰相反，他的生命从摔了一跤之后开始一点一块地剥落，速度惊人。他也会逐渐丢舍不堪负荷的记忆，

200

有如放弃行走的渴望一般。当一切具有重量的事物都卸下之后，他只剩下轻盈的想像。

但是他一直不会忘记曾经想要离开我母亲，那应该是人生之中一个非常短暂的片刻、一抹非常匆促的念头、一次隐匿难言的陷落，最孤独的核心。

日夕望君抱琴至

我的父母亲在一九四三年古历十月完婚，是那种老式的、很难说你或你的子孙会不会再经验到的"父母之命，媒妁之言"所成就。成婚之夕，父亲才发现母亲的双脚有一点残疾。她的踝骨纤细，足趾挛曲，脚掌前端浮肿如鹅卵，从来没能快步或跑步行动。就连洗脚，也要非常努力地将趾头缓慢、仔细地分开，才能洗净。对于生着那么一双脚的人，你是不忍心殷殷探问其究竟的。我一度以为她裹过小脚，后来才从我二姑那里得知，母亲年幼时生过一场近乎小儿麻痹症的大病，高烧十余日不退，之后双脚发育便改了常。

此事媒婆范氏没说，新媳妇进了门儿，我奶奶倘若再责备做媒的，便是对亲家失礼不德了。我爷爷却认为妇德重于妇容，凭我父亲那傻大粗黑、狮鼻牛眼儿的德行，能讨着老婆算是叨天之幸，还有什么不能惬心贵当的？我父亲也没说什么，但是在一九四七年古历三月二十一日——我奶奶过世刚满周年，也是我爷爷过世差三天满两年上——我父亲突然带着当年早就画好的一份"倩哥壮游行卷"，追随着八年之前我五大爷的脚步，离家出走。与一般的离家出走不同的是，并非不告而别，他在给我奶奶以及张家列祖列宗的牌位磕过头之后，同我母亲谈了一宿。根据我母亲后来有一句、没一句的转述，大意是说家里父母都不在了，虽说守制一年，不尽合乎古礼，但是家里的担子还是要有人挑，得出门找些能养家活口的事业做做。要不就投军，要不就倒买卖，但是无论哪一条路，都不是在济南城里就走得出来的，非出去闯闯不可。

我母亲只提了一点："听娘说，奶奶走之前有交代，不许放你投军。"

"那俺就不投军。"

"那你就去罢。"

据说这是我母亲挑起半个大宅家务的允诺。所谓半个，就是我母亲的空闺，加上底下两个还在念书的姑姑的生计。至于上头的大大爷一家、二大爷一家，还有黏糊在一块儿的五、六两大爷家，是另一半儿，大体上过着他们自己的日子。这显然有些对立气息的根柢，在于上头的两位哥哥从来不希望底下的两个妹妹念太多书。我爷爷在时，由于疼宠两个女娃儿，说要念也就让念了。抗战期间，学校被迫停课，自然没什么好盼的。战争末期乃至于胜利之后，能庇护二女升学的老人又相继去世，这会儿家计艰难，要念书也行，用我二大娘的话说："那就请自理罢！"

关于这一段枝节，用我二姑的话说："那真是一部《红楼梦》也说不完。"我此刻只能告诉你，那是另一本书的故事。在那本书里，我的父亲几乎是缺席的。他躲起来了，躲到一个又一个遥远的许诺之中，终其一生，无能面对。这是为什么事隔五十年、在重重跌了一记之后，他对我母亲所说的第一句话是："兰英！我对不起你。"

一九四七年六月，我奶奶一周年忌日之后又一个月，我父亲和他的朋友王景正在南京游荡——王景，我曾经对你说过这人，除了滕文泽和我之外，我父亲最亲近的知交——关于这人的来历，我得稍后才能向你述说。

既然结伴而行，总得有些算计。一路之上为了撙节开支，王景提议三餐不上饭铺，自己开伙。身上总是背着几斤糙米或者粗面，行经有机具的粮行，便花少许的工资，请人代压些面条。要不就自己找水和面，做成馒头。有看上眼的大葱，就揉花卷儿吃。有新鲜的蔬菜、粉皮、鸡蛋，便包一顿素饺子——我父亲的壮游，最得意之处，大约就是给王景逼着学会了包饺子。那一天，两人蹲在一个叫薛家巷的地方看粮行伙计给压面条，街口忽然间传开了消息：当时都叫他"委员长"、"委座"的老蒋"总统"准备对北方的共产党解放军再发动一次全面的进攻。粮行伙计是个关心国是之人，漫声说这一仗很快就要打，速战速决的多。我父亲问："你说怎么个'决'法儿？"伙计一听这话，立刻板起脸来，道："我说了会给枪毙！"

那人匆匆给压了面，登时上门板打烊。王景说声："不妙！咱走！"这是一个临机、随兴的决定，他们登时扯油纸裹了面条，递进包儿里，直奔中山码头而去。薛家巷在鼓楼南侧的中山路上，向北到中山北路的长江边，就是中山码头了。码头之所以名为"中山"，据说是当年为了迎接孙中山先生的灵榇而建，当年那灵榇以专车从北京运至浦口，再转渡轮登中山码头。此后，这里的南北交通便频繁起来，由此渡江，换乘火车则可以到徐州、上海，是为接驳枢纽。但是见面不如闻名。我父亲远远望见那知名的码头，正是风急水紧，浊浪排空，却不觉其壮盛，但感顽恶萧索而已——原来是那江堤，看起来东填西补，危垒险筑，十分不耐浪涛拍打的模样。我父亲说："不好看。"

"谁让你玩儿景来着？"王景说，"咱们看看有什么动静没有？"

我父亲急急忙忙赶来南京，名为谋前途、找差事，其实免不了还是游山看水的意思多些。他出发前一年里，国民政府还都南京，举行了一个约有五六千人参加的庆祝大典。据说当场放了礼炮一百零一响，"委座"告全国军民的演讲还透过中央广播电台向全国各地播放。当时我父亲就想赶紧到南京来朝圣了。的确，不只是战胜国的古都、新都、首善之都，南京还意味着远方呼唤之地，较之于先前我跟你说过的特洛伊城亦不遑多让。这里有太多诱惑，你且听那名称：雨花台、燕子矶、秦淮河、夫子庙、莫愁湖、明孝陵……就在他还惦念着这些名胜的时刻，王景又补了一句："无论什么事，不能光看一个点儿。"

王景，一个打从十三岁就入了"庵清"的光棍。他之所以出现在我祖家，原先是别有目的的。

一九四一年古历七月二十九，我父亲已经受训结业，分发在齐东当地一个地政工作队，还是成天价扛着仪器这儿测测、那儿算算。那一天阳历是星期一，可他却请假回济南市里来了。不单是他，我大大爷，还有我爷爷，都回来了。这一趟返家，我爷爷的心情想必十分沉重，我曾祖母卧病在床，药石罔效，看来不过是迁延时日罢了。大夫话说得斩钉截铁：长则数日，短了或恐还来不及。长工"角儿"特地上火车站接我爷爷去，人到了车站，才发觉车误了点，是因为又有零星的战斗冲突发生，还是铁道上出了什么意外？没有人说得上来。"角儿"惯作庶务，有个抓时间"挤事儿"的习惯，想着，赶明儿八月头，索性跑一趟附近粮米庄、油酱铺，把人家该来"请单儿"的条子都收齐了，让我奶奶过过目，准备下一份儿一份儿的现钱，谁家来都可以立刻发付，免得我爷爷这边探着病，还得东一家、西一家地应付催账。正想着，迎面来了个汉子，朝"角儿"拱拱手，道："在下在家姓王，出门头顶'潘'字，与尊府七爷是同门。今日奉本师钱老爷子讳上宝下森的差使，来给尊府老奶奶送点儿药。"说着，递过来一大包袱闻着就像是草药的物事。

"角儿"拿也不是，不拿也不是。拿了，说不定一转眼，我爷爷就下车进月台了——他老人家看见这药，非问来历不可，一旦问了，能不说吗？不拿，人家连庵清老爷子的身份都明说了，不拿就是刻意瞧人不起，这非但得罪了光棍，自然也是要得罪于我父亲的。正着急，我父亲却先一步从另一列车上下来了。"角儿"还没来得及说话，姓王的汉子攒掌子比划了两个手势，我父亲倒是落落大方，接过包袱，作揖还了一礼。

"给老奶奶的药。"那汉子接着递过来一封信，道，"这一回非比寻常，老爷子怕拗上，糟践了药材事小，耽误了老奶奶病情事大，所以才有书信一封，向十爷禀明究竟。"

我父亲点点头，没言语。那人却凑近前，指着信，低声嘱咐了一句："我倒是劝你，先看过的好。"

这就是王景了。此人比我父亲还略小个一两岁，然而由于出道甚早的缘故，是个极其精明、世故的光棍。我父亲听了他的话，把那虚虚折起了封口的信看过一遍，惊得老半天说不出话来。

原来这信确乎是钱宝森亲笔所写，对象当然是我爷爷。钱宝森言简意赅地述说三件事，也是写这封信的三个目的。其一，希望我爷爷能依方按时给我曾祖母服用这一批药材。其二，解释十二年以前，武城、临清、平原、济南四个盐店仓库顶上的"梅花窟"并非庵清所为,而是有人栽赃,刻意挑拨。至于是谁在挑拨,钱宝森的信上倒是没有明说。其三——也是最令我父亲咋舌不已的——钱宝森对懋德堂张家之所以"常存感戴,时刻萦怀",乃是因为钱氏两代以上有位先祖,曾经盗卖过张家南山里的三百亩老坟地,钱氏由此得资,而在异地发了家。

结果我爷爷第二天一大早才回到家,一听是钱宝森送来的药,当场叫朱伙计连药带包袱一块儿在内院里烧了。那信呢?老浑蛋一眼没看,撕了个齑粉零碎,一挥手撒进了火光之中。即使是没烧着的片段,也随风飘失了。至于我曾祖母,火光大起之前,她叫周妈帮她推开窗子,隔窗看热闹,又怕光,戴着一副我大大娘新买的墨镜,对着日头瞅了老半晌,忽然说:"天怎么又要黑了?"太阳像是会听话,当真缺了一角,那角落逐渐扩大、再扩大,直至洋钟指到早上十点五十分之际,形成全蚀,三分多钟之后才仿佛若有光,我曾祖母在黑暗之中,忽然凄声惨叫,把我奶奶喊到床头,告诉她多年前那个长者估衣之言的奥义,而且谆谆叮咛着:"要紧的是小启京!你千千万万记得嘱咐他,可别投了军去。有道是:'好男不当兵,好铁不打钉',是俺?"这就算是她的遗言了罢?

我曾祖母是同治七年生人,活到日食这一天,古历八月初一,整寿七十三,叫七十四岁。旧俗故事,七月末是地藏王成道的日子。这一年鬼月古历没有三十,二十九就放河灯、超度亡魂了。换言之,我曾祖母过世的前一天,算是地藏王菩萨的成道日——

据说便是此日，菩萨曾发下"地狱不空，誓不成佛"的宏愿，因此济南城家家户户沿着内墙根儿插满一圈线香，为家宅所占据的这一方土地上千古以来所曾经存活过的生灵引路。河灯则是以湿面制成的碗灯、壶灯，晾干之后，灯里倾注些许豆油，再搓上棉绳儿芯子，点燃了，放流而去。这天入夜，家人们依旧俗点了香，朱伙计早几日已经糊好的面灯也一车俩驴载了，准备上小清河漂放去。大门骤开，门口立着个黑忽忽的人影。

"请问，此地是张汉京师傅的贵宅么？"来人腋下夹着个包袱卷子，手上一束黑不黑、蓝不蓝的长物，面相平庸无可着墨，鼻头儿倒是长着老大一颗黑痣子。

"师哥！"我大大爷赶了出来。

"俺爹叫俺走一趟，把这个交给你。""筱云班"班主那儿子双手高高一捧，靛蓝泛着乌亮光泽的绒布包儿里正是班主那把胡琴："俺爹吩咐说：不必急着往回赶，得自有空儿，还是多拉几把！"

这把琴没有再回过章丘，我大大爷没隔几天就把它给当了，换了钱，买大烟抽。当是时，我爷爷只身在桓台也染上这习惯，往后回到祖家，常上大儿子屋里去，爷儿俩一块儿抽。逢到有请我大大爷给拉一回琴的零散活儿，他总会先收一笔前金，把琴"周转"回来，待完了活儿、散了戏，又物归原当。直等手头积攒略有敷余，才能一次赎出，等着下一回犯瘾。四年之后，他的父亲也成了河灯漂放致祭的对象，我的父亲则站在更辽阔、更汹涌的江边，我大大爷还在过着什么样的日子呢？晨起一睁眼，抬头往墙上一张望：喔——呵呵呀——！今日无琴，又回不了章丘了。

我父亲站在南京中山码头边儿上，即使有再轻盈的想像力，也不可能料到，六年前放河灯之夕远从章丘来的那把胡琴，会让王景为他指点的未来，横生一变。

第九章　聆听父亲

跟我这一代许多父母不同的是，我的父亲对于让孩子长智慧这件事没有太积极的作为，有些时候——尤其是当孩子发现这世界有些奇趣、有些新鲜的时候——他的反应还显得异常冷淡，像是要刻意敷衍那种"太阳底下没有新鲜事"的冲淡之气。比方说，我在上小学之前的某日，偶然间发现喝了水躺在床上翻身，肚子里会有水声荡荡然，就告诉他："我胃里有奇怪的声音。"他说："你长得蛮齐全，还有个胃啊！"

不过他对知识的追求有一个基本的态度，恐怕就来自王景的那两句话——在我的前半生里，听他复述过不知几百回，回回都只字不差："无论什么事，不能光看一个点儿。"我记得说《三国演义》，说到孔明七擒七纵收了孟获，班师回国，孟获率领大小洞主酋长和诸部罗拜相送，忽然阴云密合，狂风大作，原来是泸水有猖神作怪，必须以七七四十九个人头并黑牛白羊血祀，原书如此写道：

> 孔明曰："本为人死而成怨鬼。岂可又杀生人耶？吾自有主意。"唤行厨宰杀牛马，和面为剂，塑成人头，内以牛羊等肉代之，名曰"馒头"。当夜于泸水岸上，设香案、铺祭物，列灯四十九盏，扬幡招魂；将馒头等物，陈设于地。三更时分，孔明金冠鹤氅，亲自临祭。令董厥读祭文……读毕祭文，孔明放声大哭，极其痛切，情动三军，无不下泪。孟获等众，尽皆哭泣。只见愁云惨雾之中，隐隐有数千鬼魂，皆随风而散。

这一段，据我父亲表示，还是金圣叹看得透——金圣叹说这是"祭死的给活的看。"金圣叹之愤世嫉俗、立异鸣高，未必为后来之我所喜，但是在一个才刚刚学会使用"胃"这个字的孩子来说，"祭死的给活的看"这样的权谋机心似乎也并非讲究"适龄合度"以施教的父母所愿意冒险为之。他显然并不在乎，只是强调："无论什么事，不能光看一个点儿。"我曾经在成年之后跟他讨论过这一点，还举出了从前听他说孔明发明了"馒头"祭猖鬼的例子来，最后，我质疑道："难道你不怕把我的心术教坏了吗？"我父亲那一次显得相当严肃，从眼镜框子上方白棱着眼看我一阵，才说："你长得蛮齐全，还有个心哪！"

在我父亲那里，任何一个孤立的、点状的、不问他者死活的人从生到死都是混沌未凿的状态，有人宁可如此，有人宁可众生皆如此。但是他不这么想，他总认为孤立的生命状态不值得被发现，就像个别的人生琐事不值得被张扬一样。但是另一方面，由于我们父子不善于使用太过抽象的字眼交谈——倘若一旦在日常上使用了不够浅白的字句，听的人都会有一种抓到背地里作恶的肉麻之感："哈！被我看破手脚了！"——是以当他想要诱导我"无论什么事，不能光看一个点儿"的时候，往往要佐以大量的故事。王景这个人、乃至于他的想法，之所以会吸引我父亲，大约就是因为王景总会比他先一步看出"一个点儿背后的故事"。

大时代

整整一年以前的一九四六年六月，国共全面的内战爆发，大体而言，国军部队在八月上旬以前的攻势都进展得相当顺利，许多城市和重要的乡镇，几乎可以用"兵不血刃"之语形容。国民党政府也在五月五号那天顺利返回南京，全国老百姓只要听得见收音机，都听到了"委座"追思八年艰辛、砥砺未来勇气的致词。当然，伤亡惨烈的战役不是没有，但是一般而言，领导抗战胜利的"委座"在庐山召开军事会议之后，一时公之于世的战报，多是"国军势如破竹"的滥调。

我奶奶百日也过了，家族里的哀伤和凝重稍稍舒缓了些。王景忽然不知道打从哪儿钻出来，人坐在厨房里，嚼着朱伙计给炸的藕合子，一口气吃了十个才住嘴。我父亲等他吃完了才问："朱成说你有急事找我？"

"我看这大局不对的。"

"怎么说？"

"你别说现在国军打解放区跟吃豆子似的，一口一个、一口一个，我看其中大有文章。"接着，他提到了两个消息，一个是新闻，说共军在江苏中部发动了一场大战。领军的都是会打的，有陈毅、粟裕和谭震林，手下不过三万之众，一口气打下了宣家堡、李堡两个要塞，国军伤亡有说五万的、有说七万的。可打赢了之后，共军反而撤退了。另一个算旧闻，说新四军的李先念和八路军的王震加起来不过六万人的一支部队，在河南对上了三十万国军，也是到处发动奇袭，一袭就中，一胜就跑，把支原本在河南固守的大军拖散到陕南、鄂西等各个方向去了。等国军整编完队，回头要再打，只剩下小规模的骚扰武力时隐时现，解放军的主力部队早就没了影儿了。

这两条消息不只是两个"点儿"，而是一个大布局的片段——犹之乎一块烧饼上的两粒芝麻。王景对这块烧饼的描述是："我要是共产党，我一定这么想：你国军今儿想拿下什么城，我都可以

213

双手捧上，绝不来抢。这些城镇都是包袱，抓住一个得扛起一个，扛起一个就压垮三分。赶什么时候国民党背不动了，就放下来了——到时候，他不是先放哪一个、后放哪一个，要放，那就一口气儿得统统放下了！我的话，你琢磨琢磨。"

"我琢磨这个干什么？"

"共产党把咱'庵清'当反动会党，别说它气候已经成就了，就算是到了铁路以北那些个荒山僻野的地面，你一抖露门槛，少说叫人扒一层皮去！"王景说着，打从怀里掏出一个黄纸封儿，递了过来，我父亲一打量，居然是那张入帮的"信守"帖。

"这是做啥？"

"老爷子上南方去了。"王景道，"行前特别交代我，发还了你的帖子。你别冤，也别急！这不是逐出庵堂那一套，而是怕你心里不踏实。你若有心认这个份儿，等局势稳住，再观后果，所谓伺机而动了。要是世道人情艰险难当，你撕了这帖子，也不至于受牵连。"

我父亲受感动了，想不起那些"祭死的给活的看"之类的深刻世故来了，他立刻说要去见钱宝森。王景则表示，老爷子连这一步也想到了，也有交代：还是先把十奶奶这一年的丧期服满才好。

一年之间，大局果然有了极富戏剧性的转变。一九四六年上半年，一般传来的消息还是"委座"如何整军经武，如何调动高阶军事长官的部署，看来一切都有谋定而后动之势。绥靖公署迁驻济南，司令官王耀武也亲自在城中坐镇。原本隶属汤恩伯系、驻皖北临泉、界首的骑兵第二军改编成第九十六军，连换了两次军长，最后整个部队又开往明水镇，偕同原先驻扎昌乐、潍县的李弥第八军夹击解放军，不多时，就听说解放军撤离胶济线沿途。王耀武不时还在《济南日报》上发表胜利谈话，说："俘获甚众，枭獍一空"，然而没有人会料到，一九四七年五月中，王耀武起家的嫡系部队——整编第七十四师——在山东孟良崮被解放军集体歼灭，师长张灵甫殉职，死难人数：六万。等到我父亲和王景来到南京前后，汤恩伯在临沂、范汉杰在青岛，一西一东，要以钳形攻势在鲁南地区掐住解放军的腹地，结果又枉送掉四五个整编旅。

王景看那码头上往往来来的人又渐渐聚拢了来，似乎是又有渡轮要开了。他又前后左右仔细地张望了一阵，才找个不显眼的角落蹲下来，道："还记得去年在你家吃藕合子那天我说，那些打下来的城镇都是包袱，赶什么时候国民党背不动了，就统统放下了？"

我父亲点点头，没言语，倒是四下里人声越发地嘈杂起来。

"上码头来看动静，就是这么个意思——看国民党什么时候把南京也放下！"王景说时声音极低，像是根本不想让我父亲听见，然而，没有一个聆听的对象，仿佛这说着的人连自己是不是说了都不敢确定了。我父亲毕竟听见了，也低声应了回去："可这儿是南京啊！南京放下了，还有哪儿呢？"

王景指了指远处靠江面南边、贴岸巡行的几艘快艇，艇身前方接近鹢首之处皆以白漆喷写了"岳"、"文"、"史"等字样，后头还有二到三位不等的数字。那是从抗战初期就已经投入战场的一批老旧鱼雷舰艇，几乎都负过伤，不过巡行的速度不低，还保持着几分精神。

"怎么都是些败军亡国之将呢？"我父亲说。他的意思是"岳"、"文"、"史"所代表的岳飞、文天祥、史可法，显然都不是能够改变、扭转一个倾颓大时代的人物。往往在他们以生命刻写出动人的史迹之际，他们所捍卫的那个正统便完全崩毁了。

王景瞥一眼那些舰艇，道："江面上还算平静，交通往来也没有什么不寻常。可刚才在薛家巷的时候，你没看见么——"说着，摸索着打开了胸前的口袋，轻轻掏出一桩物事。

就在那粮行伙计准备上门打烊的时候，王景在路边拾着个口袋大小的本子——其实已经说不上是个本子了，它的主体（也就是一整本册页）给完全撕掉了，徒然剩下首尾相连、柔软翠绿的封面和封底，硬纸里子玻璃壳儿，还是挺精致的一种装帧。在当时，称这种时髦的新材料叫"玻璃"，一种没见过的软质胶皮，为抗战时期引进的美国援助物资之一。"委座"看这材料防水耐用，把来制造《军人手册》的封面倒是十分合适，如此一来，尽管溽暑蒸晒、雨雪沁泽，国军干部仍能将《军人手册》贴身携带，不至于有漫漶之虞。只不过此际看来，封面上簇新的烫金字样教人有点儿怵目惊心——正是那"军人手册"四字。依照王景的推测，这军人手册的正主儿并不是在无意间遗失了此物，而是有意将那签注过自己的姓名、军籍资料乃至于军事业务上必须注记的内文撕掉，甚至焚毁了。然而为什么不会顺手连着封皮也毁去呢？一来它是所谓的"玻璃"——也就是今日称为塑胶、塑料的东西——若无刀剪，不易毁伤；二来这玩意儿的材料既轻软、又强韧，索性留在身边，装盛一些琐碎如票券、证件，纸制品之类的杂物，还比较方便保存，不易损毁。

王景接着又聚精会神地说："可见这小子是才'改行'、'出门槛'，没多大一会儿工夫，还不习惯把这玻璃套子放在身上，走着走着，不知怎么捣腾的就捣腾丢了。"

"你研究这个干什么？"

"怪了！"王景笑着摇晃两下那封套，道，"明明是你的恩主灵符，不该多明白明白么？"

"你说啥？"

王景轻轻打开那《军人手册》的封面页，探指头从封里头那一片透明的"玻璃"底下摸出一张纸片来，翻过来覆过去看了几眼："民用票，看样子这小子是吃了秤砣——铁了心，说滚蛋就滚蛋了！一张上吴淞口的船票。你拿着罢！"

"我拿着干嘛？我上上海去干嘛？"我父亲忽然有一种要遭到

遗弃的不安，猛里站起身，带些怒意地、不分青红皂白地道，"俺不去上海！俺讨厌上海！俺从来就没打着要去上海！"

王景益发显露出那种开玩笑的神情，说："就一张票，你不去我去。"

"你去就你去。"我父亲赌上气，抽身就走——关于这一点，我自己也有这种行事的气质，一副随时可以向这世界永远告别的神态，然后花一辈子的气力去后悔。

王景这一下不闹俚戏了，抢上前拦住去路，正色道："咱俩要一块儿再往南，不外就是同你五哥一样到广东。大局如此，其实说意外，不意外，说理所当然嘛——变化还是太快。即便是到了广东，仗打成这个样儿了，咱哥儿俩能找上什么正干的呢？投了国军，国军总然是要垮的；投了解放军，解放军是容不得咱们'庵清'的。咱俩，总得保住一个罢？"

"保住哪一个，你说罢！"

"保住哪一个就说不准了。兴许是你，兴许是我。可要是依我说：一条路，不该押上两条命，倒不如多试一条路，碰碰运气。有了这张票，算是有了第二条路——到了上海，再张罗一张票，搭海轮回青岛。这没票的一个么，坐渡轮儿过江，打从原路回济南。"

我父亲毕竟还是选择了去上海——就像我在提到他骑单车送我上学的一节上说过的——他不喜欢没有变化的路径，拿捡来的船票去上海，再搭轮船北返，似乎是很新鲜的事。更重要的是，一旦到了上海，他就可以再见钱宝森一面。在想像之中，他一见到钱宝森，就要把信守帖缴回去——表示他不在乎政治如何演变、"庵清"如何碰壁吃鳖，他不愿意在这种情义的事体上让人觉得他预留退路，亏负恩谊。

结果钱宝森没露脸，回青岛的轮船船票倒是托一个光棍给送到码头上来了。临上船，那光棍对我父亲说："老爷子说无论你张七爷上哪儿，一路之上都有福星高照。"事实上海轮的福星是美军舰队，它们每日南来北往护送各型客货船只往来于东海、渤海之间。王景倒是说对了：这多出来的一条路保住了我父亲的性命，至于他自己，从此消失在徐州古战场的千里烽烟之中。

到了青岛，我父亲一下船，就见有人穿了身长衫，举着块牌子，上写"懋德堂张十奶奶"七个大字。我父亲一惊，上前盘问究竟，那人微露笑容，立刻扔了牌子，攒掌比了个"庵清"礼见的手势，道："我叫马福星。张七爷随我来。"这人很快地将山东地面儿上的局势同我父亲说了一通。原来胶济铁路沿线局势又为之一变：济南、昌（乐）潍（县）和青岛成了三座孤城。火车有时通一段，有时通单程，要说想回济南，除了靠一双腿，没别的办法儿。要说肯在青岛落脚，倒有一途：第四兵站总监部有几个空缺，活动活动，是可以暂时栖身的——管吃管住，还有饷拿，大小还是个文职军官，"张七爷意下如何？"

我父亲仰天大笑，令马福星不禁错愕起来，正待追问究竟，我父亲摇着手，苦笑道："我到底还是得违背祖训，穿上一身二尺半了。"

如果你要问我"大时代"是什么意思，我就会用我父亲的话告诉你："大时代就是把人当玩意儿操弄的一个东西。"

家书抵万金

从青岛第四兵站总监部写第一封家书之时，我父亲犹豫了片刻，他不能违背军令，泄漏自己置身之所在，又不能不点拨一二，好让家人放心。斟酌再三，信就短了，是写给我大大爷的：

> 汉哥如晤：弟远游北归，插翅不能返里，忧烦日甚。又违逆祖母遗训，惨悄逾恒，亦属无奈。惟顽躯康健，叩请诸兄勿念是幸。匆此。启拜上

这封信是交给马福星处置的。他运用什么人力，经由什么渠道，将信携至济南西关朝阳街祖家，至今仍然是个谜。我只能从我六大爷的叙述中得知，收到那信的前几天上，老收我大大爷当物的那铺子歇业了，掌柜的听老朝奉的话，差人把胡琴送回来，说：钱，就不计较了，可张大爷的手艺搁下了可惜，还是原璧归赵的

220

好。我大大爷一高兴，拉了好几天的琴，白也拉、黑也拉，口口声声说什么"知音何处找？国手在张家。"

此外，那信，我六大爷也看了。在"匆"字的上方，还有一个写了又涂去的"艹"和"门"字，显然是我母亲的名字"兰英"的一部分。为什么写了，却又涂去呢？我六大爷没有解释，我只能猜，或许我父亲记取了那个"无论什么事，不能光看一个点儿"的教训罢？或许他从"大时代"的角度望见了孤立无援的人生只能退缩、无从奋进的一点端倪罢？或许他已经吓得或愣得无从自然表达一丁点儿个人的情感了罢？或许他根本要借此提醒我大大爷：他已经不再能提供我母亲一个完整的家的期盼了罢？

半个字，又涂了去，还能表示什么？

但是我大大爷不能报了平安却没个交代，他让周妈把我母亲请到他房里坐下，道："七奶奶！小启子来信了。"

"人在哪儿？"

"信上没说，可信纸上头印着'第四兵站总监部'，二爷说这是到了青岛了——二爷朋友多、见识广，应该错不了。"

"那我上青岛找他去。"

"铁路不通了，七奶奶怎么去啊？"

"有说通的。"

"就算通了罢，万一走着走着，前头又打起来，又不通了，这半晌不乏的，岂不是个饥荒？"

"车不通，俺就走着去。大爷，那信让我瞧瞧。"

我大大爷迟疑了一下，想想：我母亲不识字，不会发现我父亲居然连声问候也没有，便把信纸递了过去。我母亲拿着信纸，眼波不大动弹，只凝神盯视着某一处，一眼看了眨巴眨巴，再看一眼，足足端详了几分钟，回头指着纸上那一行楷体印刷红字，道："这就是大爷说的那个什么'四总站'罢？"

"'第——四——兵——站——总——监——部'，是的。"

"第四兵站总监部。好了，认得了。"我母亲再看一眼那信纸，"我这就上青岛去。"

梦中见

梦中有些什么？我母亲从来不说。她自称是个不做梦的人。就算做了，一睁眼就没了影儿了。我从小喜欢同她说说我的梦，同她说梦不会挨嘲弄，她总是说："你脑子里藏的都是些什么？一抖露一大套。俺不行，俺省心。"

我父亲的梦总是简略得像是签到簿上书写潦草的姓名，聊备一格而已："昨儿又梦见回老家了。"对于梦境中会出现的诸般细节，我父亲时常不经意地透着些轻鄙之意。有时他会说："我看你睡着了精神倒比醒着好。"有时会说："这个梦别跟人说，留着拍电视剧。"

从他瘫痪之后，这老人却开始进住到我的梦里来——从无例外地，每一次在梦中，他都会用一种近乎卖弄的方式，表演种种行走、跑步、跳舞、骑车的动作。置身那样的场景，真正无比欢快，我总在那样的时刻毫无抵抗之力地相信奇迹、相信灵药、相信神。即使在初醒来的片刻，犹自沉浸于一种有了信仰和依靠的幸福之感中。有一次我自觉这是在梦中，遂跟他说："你已经不可能走了，不要骗我，我这是做着梦呢！"

　　"你做着梦？我怎么可能到你梦里来骗你？"梦中的父亲说。

　　于是，我居然就轻易地相信了，立刻指着满地被撕碎、炸碎的春联和鞭炮残片，说："那我们去散个步吧。"梦中的父亲一步、一步跳着，是兔子舞或方块舞里都用得上的那种小垫步，用力践踏几下雨后残留的洼地，溅起水花，一直走在我的前面。

　　梦中的父亲也常是用力隐藏情感的人，和现实里的他没什么两样（这一点足以坐实我欠缺高明的想像力）。他一直希望我是个活泼、开朗、正直而宽厚的人，但是他从来不寄望我是个能充分表达情感的人。我总不能忘记，学校里开始教授"抒情文"写作，老师总是密加圈点，认为我表情达意"有散文诗的韵味"，但是这样的作文落在他眼里，况味大是不同。我在念小学六年级的时候，有个自然科的王老师忽然不教了，据传是跟学校里其他的老师发生龃龉，愤而离职。我写了一篇长达五页的《念师恩》——当然是为情而造文的成分居多。他看了，指着其中一句"我倚着斑驳的栏杆,远望蔚蓝的天空,泪水……",道:"你倒是说说看,这'蔚蓝'是怎么个蓝法儿啊？"我答不上来。他又说:"最近老下雨,天很久不蓝了罢？"

另一个实例发生在不久之后,家里订阅的《国语日报》刊登出一篇某家长的投书,指陈某月某日该报刊登的一篇《悼亡父》所言不实,因为撰写此稿的学生正是这投书人的儿子,而投书人还活得好好儿的。我父亲把这篇投书指给我看了,笑着说:"咱们可先说下:我要是还没死,你可别给我来这个。"对付这情境,我自有办法。此后直到高中毕业,一向准备两本作文簿,凡是碰上老师出题写什么抒情文,我就另取一本写就缴交,这一本,从来不拿回家让我父亲过目。

有许多抒情式的触动、感受乃至于思索,我都是在阅读的世界里重新温习到的,那是别人的生命、别样的生活,一旦映照到我的人生之中,便不免会隐隐然发现:属于我自己的这个部分,早就被我锁在某个幽暗、隐秘的角落里,那是个失语的所在,是个噤声的所在,是个我竟然无能状述的所在——一旦重新翻理出来,竟有扑鼻呛人的霉味。

而你却是个想像中的孩子,还不会应声、不会叫唤、不会表达。我打从很小很小的时候,就曾经幻想过你的存在,当时一定是因为我太寂寞了。然而时至今日,我对于你之所以又如此鲜明地出现在我的想望之中,有了不一样的觉悟。我猜,一定是因为在那个被我囚锁过久的角落里，有些禁忍不住的东西蠢动起来。它们依附着我对一整个废墟般的家族的好奇而渐渐萌芽，它们借由我一点一滴、片纸只字地搜罗、探问、记录、编织而发出声响，有了形状，甚至还酝酿出新鲜的气息。你的母亲会迫不及待地告诉你：这种永远会从人的身体里新生出来的东西就叫"情感"，带来欢悦，带来烦忧，带来喜笑与泪水、挫折与渴望。千万不要担心——你的母亲一定也会这样说：千万不要担心表达了情感是多么愚骏不智、庸俗可笑的事。你的母亲当然也会顺便跟你透露：你的父亲在这一方面是非常非常压抑的。

我把这些，都压抑在梦中，再一笔一笔地为你勾画出来。

在地图上

身在青岛，每天面对的是从海上运抵码头，再不断向东北、鲁西调度着的大军粮秣，我的父亲并没有料想到他的家族还会以什么样的形式追捕他。他又开始画一些无须过于精确的地图。在地图上，济南—潍县—青岛是一条线段上的三个点儿。其间还有无数个小点儿，分别是从最新得知的战报上抄录下来的地名。有的地方他去过，有的地方他听过，有的地方看来相当陌生，好像突然从天上掉下来一个城、一个镇、一个村落。他用红蓝铅笔注记着国共两军相互进退、彼此消长的痕迹，有时一天之内要重新绘制两三份完全不同的形势。画这种图并不是他的例行工作，也并非出于多么强烈的兴致或热情。然而时日稍久，这事就像晨起刷牙洗脸一样，成为不可或缺的生活仪式。

在每一张完成的图上，他都会随手写些脑海之中漂浮而过的句子，有些是年幼时诵读过的诗句，有些是我奶奶抄过不知几千几万遍的《金刚经》，有些是戏词儿，有些是三角测量的算式法则。写满一纸，便将整纸揉了，换纸再画，画完又题上字句。总监部的同事们经常会把他揉掉的地图讨来，研究山东省东西往来交通的最新状况，有些在地的干部还会因之而讨论着铁路通阻的时程和频率。显然，从窸窸窣窣的对话之中不难发现，连总监部里也有人准备离职走人了。这使我父亲忽然对整个世界产生了一种距离感——我总把这种距离感想像成在他膝头听故事听久了所产生的那种视觉变化，咫尺之内的一切竟恍如在十分遥远的地方。

直到他活到七十六岁上，医生宣布他的第三、四节颈椎之间的神经束严重受损的那天夜里，他忽然想起了这种距离感。

"春儿，你起来！"他在病床上唤我。

我翻身跳下躺椅，蒙眬着眼上前察看他的尿管和点滴瓶，一切如常，只那条抽搐不已的右腿还不时地踢蹬着从窗帘缝隙里斜斜透射进来的月光。

"记得我跟你说过画地图的事罢？"

"什么地图？"

"胶济线啊，胶济铁路啊，我在第四兵站总监部的时候画的那些地图啊——你忘了？"

"没忘呢。"

"你看那是什么？"他努努嘴唇。

"是天花板。"

"废话！我不知道那是天花板吗？天花板上画的是什么？你看清楚了。"

天花板上什么都没画着，原本很洁净的一片白，在夜暗之下不过是霾影一般黯淡的灰。

"那不是我画的铁道图么？你看看，你看看——千军万马呀！"

"该睡会儿了罢？"

"仗打成这个样儿，你叫我怎么睡得着啊？"

"你睡一会儿，仗就打完了。"

"你妈呢？"

"妈在家睡着呢。"

"她不来了吗？"老人闭上眼，又睁开。月光即将像抚熨一块石头那样洒泻在他的大腿之上，接下来会是他的小腹、他的胸前，如果他再不睡，就要照着眸子里的泪光了。

"怎么不来？你睡一觉，妈就来了。她一定会来的。"

"那是我画的。"他挣扎地再向天花板望了一眼，终于合上眼皮，叹了口气，道："我每天都画的。"

聆听父亲

我的孩子，我已经开始感觉自己是个唠叨的人了。不过，我还想再跟你描述一个面对遥远路途的故事。我甚至觉得，所有的故事，都是在让聆听的人能够面对遥远未知的路途。请你不要问我这故事的"后来"是什么，"后来"太简单——就是你有了一个父亲。

我母亲沿着祖家东西两厢几进屋，挨间儿挨户地走了一圈，看看各兄嫂妹妹们有什么要托带给我父亲的东西。六大娘一向悭吝，抢着出了块暗绛色的大花布，说七奶奶拿这布当包袱，既结实，又耐脏。五大娘给了块篦子，说是玛瑙的，得藏得深一点儿，就把它卷在六大爷给捎的两条棉裤里。五大爷叫给带着本儿英文字典，五大娘说兵荒马乱的带着本儿那么厚的书，你要七奶奶累死在路上么？五大爷不知该怎么地了，摘下鼻梁上的近视镜，说了句我母亲完全听得懂、却不可解的言语："唉——呀！这光子不知道对不对？"光子，还是土话，指眼镜的度数。可五大爷说着说着，竟然将眼镜连那篦子一起卷进棉裤里。我二大爷很实际，不知打哪儿摸出一串袁大头给塞进棉裤腿儿。我二大娘显然对二大爷的出手很不惬意，踏着恨笃笃的步子，一掀门帘儿出去了。我大姑和二姑要给我母亲两只老奶奶传下来的戒指，我母亲说什么也不肯收，退回去了。伙计朱成烙了十几个火烧，拼命挤上几棵黑乎乎的咸菜，另外绑作一兜儿。此外，朱成还嘱咐我母亲："有贵客要到，七奶奶无论如何别心急，心急喝不了热稀饭——咱等一会子。"我大大娘给了一对玉镯，说是她当年的嫁妆，七奶奶不嫌弃，就留个纪念罢。五十年后我找人给鉴定了一下——很奇怪，一只是真的，一只是假的。我母亲自己屋里的东西一概没动，因为值钱的得留给两个妹妹，不值钱的却怎么也搬不动、带不走。左挑右挑，相中了两个白茶碗，每一个都厚可半寸，直筒筒、沉甸甸的，其色如牙，光洁照人，可算不得是家当，重量却绝对赛得过那本字典。

至于我大大爷，可是亲自把那位贵客给接进门来了。那人姓柴，叫泰来，五十有余、六十不足的年纪，看起来福面隆准，是个殷实人。再经我大大爷一细表，才知道是我爷爷和奶奶的大媒"冰叟"柴勤堂的儿子。

柴泰来常年在济南市经营布店，颇有积攒。但是战局实在吃紧，寻常市面生意早在一年以前就歇了，店里的存货能趸给同业的就趸了，不能趸的就捐了——有那消息灵通的早就说过：柴家人祖传家性是"八面玲珑十面光，七雄五霸没饥荒"，指称的是，无论谁当朝得势，他都有口饭吃。即便到柴泰来这一代上已经不参政了，捐起布料儿来也毫不偏废。人说国民党和共产党打起仗来有什么同异？没什么，穿的都是柴家捐布头儿缝的裤子。

得捐多少条军裤，才能在战争之中买到平安？我母亲没个数。但是在我大大爷屋里三头对面儿的时候，柴泰来说得十分恳切："这一趟，虽说不能全程护送，可到了潍县，就算过了一半儿了。此后几百里地，车上打两个盹儿，也就到了。俺保七奶奶一到青岛秤把秤把还兴许发福呢！"即便稍后上了车，叙起往事，这柴泰来也不住地安抚我母亲："想当年，俺爹给十爷添了不少麻烦。没有十爷的接济，柴家不会有今天这个场面——这个么，俺全家大小子子孙孙都会记得。七奶奶无论如何，一定是平平安安到青岛。"我母亲听着，不住地点头。为什么要不住地点头呢？因为不如此，不能掩饰她其实一直在打着哆嗦。

关于打哆嗦的底细，其实连柴泰来也不甚了了——你说他傻人傻福也可以，你说他吉人天相也可以。这一段儿，要岔开来交代。柴泰来在我大大爷屋里坐了不到一盏茶的工夫，便急急忙忙赶到车站去办理票务了，走时央我大大爷发付一个靠得住的人跟着他走一趟，万一听说有发车的消息，算一算，赶得上，就立刻回报。多这么一趟周折，主要还是因为我母亲毕竟是个妇道，不好跟着在车站上跟人挤蹭，索性遣一位家人先跟着柴泰来去，只一程闻风报信，误不了多少时间，朱成就可以从从容容赶车送我母亲上车站了。我大大爷本来想差遣六大爷去的，可拐腿四哥同"角儿"争着去，他俩一路从北屋朝大门奔，前后闪过三道屏门、迈过两座花厅、经过大大小小四个院落，拐腿四哥居然占了个先，就让他跟着柴泰来走了。

这一厢，我大大爷从墙上取下那把胡琴来，摩挲一遍，上紧了弦儿，拉了段花过门儿，再把弦儿松了，慢条斯理地收进绒布套子里——我不可能在这么几十年过去之后，向你还原当时他的每一个动作细节（包括我一直想知道、却怎么打听不出来的一个小疑问：他拉的是哪一段儿？），但是我却有十足的把握向你透露他当时心里的盘算。

这个纨袴班头一定早就开始琢磨着他的幺弟为什么会写那样一封简短的家书？为什么会在家书中如此吝于给妻子带上一两句话、哪怕是一两个字的问候？他也许已经开始怀疑我父亲对于原先这一房妻子的情感，或者，起码我父亲对于阻隔着千里烽火的家庭已经不抱期待或希望了——是这样的么？起码，我相信我的大大爷有过这样的疑虑，否则在接下来的这一瞬间，他不会回过头，对我的母亲说："奶奶把我这把琴带去！"

"带把胡琴儿？"

"是胡琴儿。"大大爷点点头，道，"见了小启子，就说大哥随后就到。这叫'大军未动，粮草先行'啊！"

"大哥也要上青岛？"我母亲一时有些不能置信。

"当然要去的！这把琴都托付你七奶奶了，能不去么？要说琴去了人不去，我就不上算了——七奶奶你可要知道，这是一部用不了的家当！千贯万贯、金山银山，都在上头，我怎么舍得？"

结果——其实你应该猜得到的——我大大爷日后从来没有离开过济南，他拉着琴，在舞台上忽然心肌梗塞，死前拉的段子不只我知道，当天戏台上下成千口子人都记得，而且记得的人大约都还会哼哼。他拉的是《甘露寺》的乔国老唱段："这一班虎将，哪国有？"我敢说：打从把琴交到我母亲手里的那一刹那开始，他就没打算去青岛——去青岛，只是一个幌子，一个父兄权威意志的展现，一个关于家庭的允诺的提醒。

真正的虎将是拐腿四哥。他进门报信说"火车来了！"的时候浑身是血，与我母亲擦身而过，果真吓了她一跳。我母亲几乎是叫我大姑、二姑又扛又抱、半推半掖着才上了车。混乱中，我母亲听见有人问讯、有人咒骂，拐腿四哥支支吾吾好半晌，就是一副不能言语的模样。我母亲掀开车帘儿一探头，原想跟大伙儿再打声招呼，偏偏瞧见那拐腿四哥倚着墙根儿呕，直像是要将五脏六腑都给呕出来那样，一时黄水白沫混着乌黑绛红的血汁儿涌出来，她登时泛起一阵恶心，便缩回椅子里去，浑身哆嗦起来。接着还听见有人喊："那是啥？"有人说："老四没事儿罢？"也有人放声大哭起来，音声尖锐凄厉。最后是一句拐腿老四的话直钻耳鼓："他娘——人肉真不是滋味儿！"彼一时，朱成连鞭抖擞，骤车疾驶而去。我母亲一直不肯相信，她离开祖家之日，所听到的最后一句话居然如此荒怪。不过她没有听错，拐腿老四那一天的确说了那句话，他从马群空腿上咬下来一大块腱子肉。马群空被他撞上算是意外，那一天他也弄到了上青岛的车票，准备就此离开济南了。拐腿四哥回头一想：不成！不能放这小子走——他这一走，当年我那一顿揍不就白挨了么？叫拐腿老四这么一闹乱，马群空也没走成，此后一直待在济南，好像还撑着活过了"文化大革命"。他跟拐腿老四后来偶尔会在街上打照面，俩瘸子先上来谁也不搭理谁，后来居然会彼此远远地对看几眼，点点头了。

　　我的母亲那天晚上在极度的惊恐之中向前走了。祖家几代以来基于种种需要或借口的出走，以及出走所能够唤醒的爱与迷惑、彷徨与孤寂，乃至环绕着出走而不得不滋生的宽容和谅解，这一切，即将点亮她的勇气。一列厢里顶上挤满了逃难之人的火车启动的那一刻，我母亲并不知道，这一程行进的速度实在太慢，天亮以后很久很久，感觉上都已经是隔日午后了，她才会跟柴泰来挥手告别，感觉满天都是血光似的红霞。之后，车身再也没有移动一寸。她更不会知道，铁路完全不通之后，她即将背着大小两个包袱、一把琴，用一双萎缩挛曲的脚，跟着数以千计的陌生人一同向前步行几百公里的路途——听说那方向就是正东，日升之地。

图书在版编目（CIP）数据

聆听父亲 / 张大春著 . -- 上海：文汇出版社，
2023.10
ISBN 978-7-5496-3922-9

Ⅰ. ①聆… Ⅱ. ①张… Ⅲ. ①散文 - 中国 - 当代
Ⅳ. ① I267

中国版本图书馆 CIP 数据核字 (2022) 第 239210 号

聆听父亲

作　　者 /	张大春
出版统筹 /	杨静武
责任编辑 /	何　璟
特邀编辑 /	欧阳钰芳
营销编辑 /	陈　文　朱雨清
装帧设计 /	韩　笑
内文制作 /	王春雪
出　　版 /	文匯出版社
	上海市威海路 755 号
	（邮政编码 200041）
发　　行 /	新经典发行有限公司
电　　话 /	010-68423599　邮　箱 / editor@readinglife.com
印刷装订 /	河北鹏润印刷有限公司
版　　次 /	2023 年 10 月第 1 版
印　　次 /	2023 年 10 月第 1 次印刷
开　　本 /	850×1168　1/32
字　　数 /	150 千
印　　张 /	7.5

ISBN 978-7-5496-3922-9
定　　价 / 59.00 元

敬启读者，如发现本书有印装质量问题，请与发行方联系。